우리 고전 다시 읽기

촌담해이

강희맹 외 지음
구인환(서울대 명예교수) 엮음

머리말

　수천년 동안 한 민족이 국가의 체제를 갖추어 연면한 역사와 전통을 계속해 왔다는 것은 인류 역사를 살펴봐도 그렇게 흔한 일이 아니다. 그리고 그 민족이 고유한 문자를 가지고 후세에 길이 전할 문헌을 남겼다는 것은 더욱 흔한 일이 아닐 것이다.
　이러한 면에서 볼 때 우리 한민족은 세계 어느 나라와 비교해도 손색없고, 자랑스러운 역사와 전통을 이어왔다. 우리 한민족은 5천 여 년의 기나긴 역사를 통하여 수많은 외세의 침략을 받아 백척간두의 국난을 겪으면서도 우리의 역사, 한민족 고유의 전통을 면면히 이어온 슬기로운 조상이 있었다. 이러한 까닭으로 오늘날 빛나는 민족의 문화 유산을 이어받은 것이다.
　고전 문학(古典文學)이란 실용성을 잃고도 여전히 존재할 만한 값어치가 있고, 시대와 사회는 변해도 항상 시대를 초월하여 혈연의 외침으로 우리의 공감대를 울려 주기에 충분한 문화적 유산이다. 그러므로 오늘을 사는 우리들은 조상의 얼이 담긴 옛

문헌을 잘 간직하여 먼 후손들에게까지 길이 이어주어야 할 사명감을 가져야 할 것이다.

고전 문학, 특히 국문학(國文學)을 규정하는 기준이 국어요, 나라 글자라면 우리 민족의 생활 감정을 표현한 국문 작품이야말로 진정한 국문학이 된다 할 것이다.

그러나 우리 고유 문자의 탄생은 오랜 민족 역사에 비해 훨씬 후대에 이루어졌다. 이 까닭으로 우리 민족은 일찍부터 외국의 문자, 즉 한자가 들어와서 사용했다. 이처럼 우리 선조들이 고유 문자가 없음을 한탄할 때에, 세종조에 와서 마침 인재를 얻어 훈민정음이 창제되었다. 하지만 여전히 한자가 독보적인 행세를 하여 이 땅에 화려한 꽃을 피웠다. 따라서 표현한 문자는 다를지언정 한자로 된 작품도 역시 우리 민족의 생활 감정을 나타낸 우리의 문학 작품이다. 이러한 귀결로 국·한문 작품을 '고전 문학'으로 묶어 함께 싣기로 했다.

우리 글이 창제된 이후에도 우리 선조들의 손으로 쓰여진 서책이 수만 권에 달한다. 그 가운데에서 국문학상 뛰어난 몇몇 작품을 선정하는 것은 물론 산재해 있는 문헌의 자료를 수집하기 위해 숨어 간직되어 있는 작품을 찾아내는 것도 여간 어려운 일이 아니었다. 그럼에도 이만한 성과를 거두고 이만한 고전 문학 작품을 추리는 것은 현재를 삼는 우리의 당연한 책임이자 의무이다. 다만 한정된 지면과 미처 찾아내지 못한 더 많은 작품이 실리지 못한 것이 아쉬울 따름이다.

엮은이 씀

차례

촌담해이 · 11
어 면 순 · 41
속어면순 · 59
태평한화 · 79
명엽지해 · 101
파 수 록 · 145
진 담 록 · 171
성수패설 · 185
교수잡사 · 239
어 수 록 · 265
기   문 · 299
작품 해설 · 335

촌담해이

모란이 향생의 재물을 빼앗다

 평양에 한 기생이 있었다. 재주와 아름다움의 경적에 빼어났다. 향생 이서방이란 사람이 나라의 지인(知人)이 되어 취임할 새, 처갓집이 그의 노자와 옷을 화려하게 차려 주어 도하(都下)에 와서 머물게 되었는데, 마침 기생 사는 집과 서로 가깝거늘, 기생이 그의 가진 물건이 많은 것을 보고, 이를 낚기 위하여 이서방 있는 곳에 와서 일부러 놀라 가로되,
 "높으신 어른께서 오신 줄은 몰랐습니다."
하며 곧 돌아가거늘, 이서방이 가만히 사모하더니, 저녁에 기생이 이서방을 위로해 가로되.
 "꽃다운 나이에 객지에 나서서 시러금 심심하지 않으십니까? 첩의 지아비가 멀리 싸움터에 나가 여러 해 돌아오지 않으니, 속담에 이르기를 과부가 마땅히 홀아비를 안다 하였은즉, 별로 이상하게 생각하지 마시오."
하며 교태어린 말로 덤비니 드디어 통하지 않을 수 없었다. 이

서방이 가진 물건을 다 기생에게 쓰면서 함께 있게 되었는데, 기생이 매일 아침에 식모를 불러 귀에 대고 가로되,

"밥 반찬을 맛있게 하라."

하거늘, 이서방이 아름다운 여인을 만났음에 반겨, 있는 자물쇠 꾸러미를 다 맡겼다. 하루는 기생이 문득 시무룩해서 즐기지 않을새, 이서방이 위로해 가로되,

"정분이 점점 떠 가느뇨? 의식이 모자라느뇨?"

"어느 관리는 아무 기생을 사랑하여 금비녀와 비단옷을 해주었다 하니, 그 사람이야말로 참말로 기생서방의 자격이 있다 하겠소이다."

"이는 과히 어렵지 않은 일이니 네 하고자 하는 바를 좇으리라."

하고 패물을 사 주니,

"이렇게 함께 사는 처지에 무엇을 그리 함부로 낭비하시오?"

"재물은 내 재물이니 무슨 관계이리."

하며 이서방이 노해 말하는데, 또한 장사꾼이 값진 비단을 팔러 왔으며, 이서방이 그 나머지 재물을 가지고 사려고 한즉, 기생이 일부러 제지하여 가로되,

"곱기는 곱지만 입는 데 완급이 있으니 어찌리요."

이서방이 꾸짖어 가로되,

"내가 있으니 걱정이 없느니라."

기생이 일 보는 계집과 더불어 비단을 가지고 밤을 타서 도망하였거늘, 이서방이 등불을 켜고 홀로 앉아 잠 못 이루며, 새벽에 이르러 해가 높도록 돌아오지 않는지라. 조반을 짓고자 궤짝을 연즉, 한 푼의 돈도 남겨 두지 않았다. 이에 이서방이 분김

에 스스로 죽고자 해 보았으나 이웃 노파가 와서 가로되,

"이는 기생집의 보통 있는 일이니, 그대는 그것을 실로 모르느뇨? 매일 아침에 부엌데기에게 한 은밀한 얘기는 가만히 재물을 뺏고자 함이었고 다른 사람을 칭찬한 것은 낭군으로 하여금 격분하게 해서 효과를 보고자 함이었고, 그 나중에 비단을 와서 팔게 한 것은 밀통하였던 간부로 더불어 나머지 재물을 뺏고자 함이라."

한즉, 이서방이 심히 분해 가로되,

"만약 그 요귀를 만나기만 하면 한 몽둥이로 때려 죽여 거꾸러뜨린 다음 옷과 버선을 벗기리라."

하며, 드디어 교방 길가를 엿보던 중 기생이 그 동무 수십 명을 이끌고 떠들면서 지나가는지라. 이서방이 막대기를 가지고 앞으로 뛰어나가 가로되,

"요귀 요귀여, 네가 비록 창녀이기는 하나 어찌 차마 이와 같은고? 내 금비녀와 비단 등속을 돌려보내라!"

한즉 기생이 박장대소하여 가로되,

"여러 기생들은 와서 이 어리석은 놈을 보라. 어떤 시러배아들놈이 기생에게 준 물건을 돌려 달라는 놈이 있더냐."

여러 기생들이 앞을 다투어 그 모양을 보고자 하되, 이서방이 얼굴이 붉어지고 부끄러워 군중 가운데 숨어 피해 달아나는지라. 이서방이 의지할 데 없이 길가에서 얻어먹더니, 비로소 처가에 이른즉, 장모가 노하여 문을 닫고 쫓으니, 이서방이 능이 스스로 살 수 없어 드디어 동네 걸식하거든, 사람들이 손가락질하며 비웃지 않는 자 없었다.

첩을 호행하는 어리석은 하인

 어느 선비가 예쁜 첩을 하나 두었는데, 하루는 첩이 고향에 잠시 다녀오겠다고 하므로 선비는,
 "남녀간의 음사(淫事)를 알지 못하는 자로 하여금 첩을 호행하게 하라."
하고 생각하며 여러 종들을 불러,
 "너희는 옥문이 어디에 있는지 아느냐?"
한즉 여러 종들이 웃으면서 대답하지 않더니, 한 어리석은 종놈이 있어, 그는 겉으로는 소박한 체하나 속으로 엉큼하여 졸연히 대답해 가로되,
 "그것이야말로 바로 양미간에 있습지요."
하고 대답하니 선비가 기쁨을 이기지 못하여 그로 하여금 첩의 호행을 맡게 되었다.
 첩과 종이 집을 떠나 한 큰 냇가에 당도하였는데, 첩은 종으로 하여금 말안장을 풀게 하고 잠깐 쉬게 하는데, 그 동안 종은

벌거벗고 개울 속에서 미역을 감거늘, 첩이 종놈의 양물을 문득 보니 워낙 크고 좋음에 반하여 희롱하여 가로되,

"네 두 다리 사이에 고기로 된 막대기 같은 것이 있으니 그게 대체 무엇이냐?"

종놈이 가로되,

"날 때부터 혹부리 같은 것이 점점 돋아나니 오늘날 이만큼 컸습니다."

하니 첩이 가로되,

"나도 날 때부터 양다리 사이에 작은 옴폭이 생겼더니, 점점 커서 지금은 깊은 구멍이 되었으니 우리 네 그 뾰족한 것을 내 옴폭 패인 곳에 넣으면 또한 즐겁지 아니하랴?"

하며, 드디어 서로 간통하게 되었다. 선비는 어리석은 종놈을 시켜 아름다운 첩을 호송시키기는 하였으나, 마음에 일말의 의심을 어쩔 수 없어 가만히 뒤를 밟다가 산꼭대기에 올라 두 사람이 하는 짓을 보니, 그 첩이 종놈과 함께 숲 속에 가려 운우(雲雨)가 바야흐로 무르익을새, 분기가 탱천하여 크게 고함치며 산을 내려오면서 가로되,

"방금 무슨 짓을 하였느냐?"

하니 종놈이 울면서 고해 가로되,

"낭자께서 저 끊어진 다리를 건너지 못하는고로 소인이 낭자의 옥체에 한 곳이라도 상처가 없게 하고자 해서 받들어 모실새, 오직 배꼽 아래 두어 치 되는 곳에 한 치쯤 되는 구멍이 있으니 그 깊이를 가히 측량할 수 없는지라. 혹시 풍독(風毒)이라도 입으시면 어쩌나 하고 겁이 나서 곧 지금 그것을 보철(補綴)하는 중이로소이다."

한즉 선비가 기꺼이 가로되,
 "진실한지고…… 네 어리석음이여! 천생의 구멍이거늘, 삼가하여 손대지 말라."
하였다 한다.

무 아버지와 독이 든 과일

 충주에 있는 어떤 산사를 지키는 중이 있었다. 그 중은 물건을 탐하고도 몹시 인색하였다. 한 사미를 길렀으나 남은 대궁도 먹이지 않았다. 그 중은 일찍이 깊은 산중에서 시간을 알아야겠다는 구실로써 닭 몇 마리를 기르면서 달걀을 삶아 놓고는 사미가 잠이 깊이 든 뒤에 혼자서 먹었다. 사미는 거짓 모르는 듯이,
 "스님께서 잡수시는 물건이 무엇입니까?"
하고 물은즉,
 "무 뿌리지 뭐야."
하고 답하였다. 어느 날 주지가 잠을 깨어 사미를 부르면서,
 "밤이 어떻게 되었어?"
하고 물었다. 때마침 새벽 닭이 홰를 치면서 '꼬끼오' 하고는 울었다. 사미는,
 "이 밤이 벌써 깊어서 무 뿌리 아버지가 울었답니다."

하고 대답하였다. 또 어느 날 과수원 감이 붉게 익었다. 주지는 감을 따서 광주리 속에 간직하여 들보 위에 숨겨 두고 목이 마르면 가만히 빨곤 하였다. 사미는 또 그게 무슨 물건이냐고 물었다. 주지는,

"이건 독한 과실인데, 아이들이 먹으면 혀가 타서 죽는 것이야."

하고 설명하였다. 어느 날 일이 있어서 밖을 나갈 제 사미로 하여금 방을 지키게 하였다. 사미는 댓가지로써 들보 위의 감 광주리를 낚아 내려서 멋대로 삼키고는 차년(茶碾)으로써 꿀단지를 두들겨 깨친 뒤에 나무 위에 올라앉아 주지가 돌아오기를 기다렸다. 주지가 급기야 돌아와 보니, 꿀물이 방에 가득 차고 감 광주리는 땅 위에 떨어져 있었다. 주지는 크게 노하여 막대를 메고 나무 밑에 이르러서,

"빨리 내려오려무나."

하고 거듭 호통쳤다. 사미는,

"소자 불민하여 마침 차년을 옮기다가 잘못하여 꿀단지를 깨뜨리고는 황공하여 죽기를 결심하여 목을 달려니 노끈이 없고, 목을 찌르려니 칼이 없으므로 온 광주리의 독과를 다 삼켰으나, 완악한 이 목숨이 끊기지 않기에 이 나무 위로 올라 죽기를 기다리는 것입니다."

하고 얘기하였다. 주지는 웃으면서 놓아 주었다.

주지 스님의 목을 매달다

 금산사에는 여러 비구니가 있었다. 그중에서도 인화라는 비구니는 음탕하고도 교묘하기 짝이 없어서 여러 차례 사람을 매혹시켰다. 주지 혜능이 이에 분개하여 모든 승려를 모아 놓고,
 "우리는 의당히 계율을 엄격히 지켜야 할 것이니 어찌 한 아녀자에게 더럽힌 바가 되겠는가."
하고 인화를 쫓아 버리고는 다만 남승으로 하여금 음식과 의복을 맡게 하여 도장이 맑고 정숙하게 되었다. 어느 날 혜능이 절문을 나서 마침 인화의 집 앞을 지나쳤다. 인화가 울타리 틈으로 엿보고는,
 "이 중놈이야말로 낚기가 쉽겠구나."
하고는 장담하였다. 뭇 중은 그의 말을 듣고서,
 "네가 만일에 이 스님을 낚는다면 이 절의 땅 일절을 네게 주렸다."
하였다. 인화는,

"그러지. 내일은 내 의당히 이 중놈의 목을 절 앞 커다란 나무 밑에 매어 달 것이니, 그대들은 미리 와서 기다리려무나."
하고 곧장 머리를 땋고 《효경(孝經)》을 옆에 끼고 혜능을 찾았다. 혜능은 그의 얼굴이 예쁨을 보고서,
 "너는 누구 집 아들이냐?"
하고 물었다. 인화는,
 "저는 아무 곳에 살고 있는 선빗집 아들이온대, 전임 주지께 글을 배웠더니 폐업한 지 벌써 오래 되었으므로 감히 와서 뵙는 것이랍니다."
하고 대답하였다. 혜능은 인화로 하여금 그의 앞에서 글을 읽게 하였을 제 경문의 구두 떼는 것이 몹시 분명하고 목청이 청랑하였으므로 혜능은,
 "가히 가르칠 수 있구나."
하여 크게 기뻐하고는 이내 유숙을 시켰다. 인화는 밤들어서 거짓으로 섬어(譫語)를 지었다. 혜능이 불러 자기의 잠자리로 이끌어 들이고 보니, 곧 아리따운 한 여인이었다. 혜능은,
 "아이고, 이게 웬일이야."
하고 놀랐다. 그제야 인화는,
 "나는 곧 인화입니다. 사내와 계집 사이의 커다란 정욕은 곧 천지가 물건을 점지하신 참된 마음이었으므로 옛날 아난은 마등가녀라는 음녀에게 혼미하였고, 나한은 운간(雲間)에 떨어졌거늘, 하물며 스님은 그 두 분에게 미치지 못하겠습니까."
하여 혜능을 매혹시켰다. 그의 말을 들은 혜능은,
 "애석도 하구나, 이제 내 법계로 이룩된 몸을 헐게 되었구나."

하고는 곧 서로 정교를 통하게 되었을 제, 인화는 거짓 배가 아
픈 시늉을 하여 그 소리가 문 밖으로 났다. 혜능은 남들이 알까
두려워하여 다만 제 입으로써 인화의 입에 맞추어 소리를 방지
할 것을 꾀하였다.
　인화는,
　"이제 병이 급하니, 밤이 어둡거든 나를 업어서 절 문 밖 구
목나무 밑에다 버려 둔다면 밝은 아침에 엉금엉금 기어서 집으
로 돌아가리라."
하고 애원하였다. 혜능은 그의 말과 같이 하여 인화를 등에 업
고 인화로 하여금 두 손을 뽑아서 그의 목덜미를 껴안게 하고
절 문을 나가는 찰나였다. 인화는 짐짓 두 손의 힘이 풀어진 듯
이 하여 몸을 땅 위에 떨어뜨리고는,
　"아이고, 배는 부르고 등은 높아서 아무리 손으로 잡아도 아
니 되니 허리띠를 풀어서 스님 목덜미 앞에 두르고 두 손으로써
잡는다면 떨어지지 않을 듯합니다."
하고 통성을 냈다. 혜능은 또 그의 말하는 대로 하여 구목나무
밑까지 이르니, 뭇 중은 이미 앉아 대기하고 있었다.
　혜능이 창황망조하는 표정을 짓는 순간에 벌떡 일어나서 허
리띠를 잡아당겨 혜능의 목을 졸라매어 이끌고는 뭇 중의 앞을
다가서면서,
　"이것이 이 중놈의 목을 매어 단 것이 아니고 뭐냐."
하고 외쳤다. 뭇 중은 이를 보고서 크게 놀라서 그들의 땅을 인
화에게 넘겨 주었다.

쥐구멍 때문에 생긴 일

　어느 시골에 중년 과부가 살았다. 그 과부의 화용설부(花容雪膚)가 가히 남자들로 하여금 유혹하기가 쉬워서 문득 한번 바라봄에 남자들로 하여금 심신이 가히 표탕하게 하는지라. 살기는 어렵지 않으나 자녀를 하나도 두지 아니하여 다못 떠꺼머리 총각 한 놈을 머슴으로 데리고 있었다. 그 총각으로 말하면 워낙 천생이 우둔하고 암매하여 숙맥을 분간하지 못하는 머슴이었다. 그러므로 이 과붓집에는 가장 적격인 머슴살이였다.
　어느 날, 과부가 우연히 바라본즉 자기의 침실 한모퉁이에 조그만 구멍이 있는데, 쥐 한 마리가 그리로 들락날락하거늘, 이튿날 밤에 과부가 그 쥐를 잡고자 하여 치마를 들고 쥐구멍에 앉아서 뜨거운 물을 쥐구멍에 쏟아 넣었겠다. 쥐가 열탕에 이길 수 없어 뛰쳐나오다 문득 한 구멍을 발견하고,
　"여기 숨었으면 안성맞춤이겠다."
하고 과부의 옥문 속으로 뛰어들어가니, 구멍이 좁고 어두워 동

서의 방향을 가릴 수 없었으므로 더욱 깊은 구멍이 없나 하고 머리를 들고 뺑뺑 돌아가니 과부가 비로소 쾌감을 느껴 미친 듯 또한 취한 듯하는데, 하도 오래 그러하니 지쳐서 그 쥐를 내어 몰고자 하나 할 수 없는지라.

  이로써 무한히 고민하다가 급히 머슴을 부르니, 머슴은 깊은 밤에 부른 이유를 알지 못하여 졸음에 지친 눈을 비비며 안방으로 들어간즉, 과부가 벗은 채 침상 위에 누워 가만히 추파를 보내고, 애교 있는 말과 아리따운 웃음으로 손잡고 옷을 벗기고 함께 이불 속으로 들어가니, 머슴은 처음 당하는 일이라 두려움을 이기지 못하고 또 음양의 일을 모르는지라 과부가 몸을 끌어안고 누우매 그제야 이치를 알고 서로 운우가 바야흐로 무르익어 갈 때, 쥐란 놈이 가만히 바라보니, 막대기 같은 것이 들락날락하면서 자기를 두들기는지라. 생각해 보고 또 생각해 보다가 쫓겨 이제는 어찌할 수 없음에 발악하여 힘을 다해 그 대가리를 깨문즉, 머슴이 크게 놀라 소리를 지르고 그 아픔을 이기지 못하여 과부의 품에서 빠져나가니, 쥐 또한 놀라고 두려워서 그 구멍으로부터 뛰쳐나왔겠다. 이후로 머슴이 가로되,

  "여자의 배 가운데는 반드시 깨무는 쥐가 있으니 두렵도다."
하고 평생을 여색을 가까이하지 않았다.

양물 아니면 큰 코

 음사를 몹시 좋아하는 한 여인이 있었다. 평생 소원이 양물이 큰 남자를 만나는 것이었다. 상말에 코가 크면 양물도 크다는 말을 듣고 코 큰 사람을 한 번 만나야겠다고 별렀으나 좀처럼 그런 기회를 얻지 못하였다. 하는 수 없이 하루는 그 앞마을의 장날이라.
 '장에 나가면 사람이 많이 모일 테니 그중에는 코가 큰 사람도 만날 수 있겠지.'
생각하고 장에 나가서 가는 사람 오는 사람의 코만 유심히 쳐다보았으나 그럴싸한 사람은 한 사람도 발견하지 못하고 마침내 해는 서쪽으로 뉘엿뉘엿 넘어가니 실망하여 '내가 생각하는 것은 한갓 부질없는 소원이로구나' 하면서 발길을 집으로 돌리려는데 삿갓을 쓴 농부가 행색은 보잘것없으나 술이 곤드레만드레 되어 갈지자걸음을 걷는데, 쳐다보니 주먹만한 코가 우뚝 달려 있는데, 뒤움박을 갖다 달아 놓은 것 같았다. 여인은 흔희작

약 좋아라 하고 내심 생각하되,
 '이 사람은 반드시 양물도 크리라, 그렇지 않으면 어찌 저다지도 코가 크겠는가.'
하고 슬금슬금 뒤따라가다가 아무도 없는 곳에 이르러 수단을 부려 자기 집으로 데리고 오는 데 성공하였다.
 산해진미를 갖추어 떡 벌어지게 한상 차려 저녁 대접을 하였다. 이제야 내 한평생의 소원을 풀 수 있구나 내심 기쁨을 참지 못하면서 방에 적당히 군불도 집혔다. 동동걸음으로 돌아다니면서 뒷설거지도 대강 치우고 자기는 곱게 단장을 하고 다시 술상을 차려 남자가 있는 방으로 들어가니 남자는 그 눈치는 알지만 너무나 융숭한 대접에 저절로 입이 해벌룩해지며 마치 선경에 온 기분이었다.
 술상이 물러가자 비단금침이 깔리고 여자의 옷고름이 끌리고 치마끈이 끌리고 황밀 촛불도 꺼졌다. 여인은 거친 입김으로 남자의 귀에 속삭였다.
 "첩이 오늘 이 일을 만들기 위하여 얼마나 고민하고 기다린지 아시겠어요? 서방님 같은 분을 만나려고 오늘도 진종일 장가에 돌아다니면서 찾았답니다."
 무엇인지 모르지만 곡절 있는 말투이다.
 "그러세요. 하필 많은 사람들이 있는데 저 같은 사람을 찾았을까요? 그 곡절이나 좀 압시다."
 "그건 물어 뭣해요. 두고 보면 알 텐데. 그러시지 말고 어서 바지나 벗으시오."
 계집의 몸은 화끈 달아올라 약간 떠는 것을 느꼈다. 남자도 잇달아 정욕이 치올라 불꽃같이 훨훨 탔다. 드디어 일은 시작되었으나 여인은 불만이었다. 장대한 양물을 상상하였으나 막상 당하고 보니 그것은 아이들 것과 같은 적은 것이었고, 그마저 몇 번 일렁이더니 제풀에 죽고 말았다. 계집의 벼르고 벼르던 욕정은 불꽃같이 타올라 막을 도리가 없었다. 분하기도 하다.

'찾고 찾던 코 큰 자식이 이 모양이란 말인가. 코 값도 하지 못하는 것이……'

혼자 중얼거리다가 묘안이 떠올랐다.

'옳지, 그놈의 코로 하자.'

계집은 슬그머니 빠져나와 거꾸로 나왔다. 남자는 이상하였다. 그러나 영문도 모를 뿐 아니라 내 집도 아니고 게다가 처음 만난 여인을…….

계집은 다시 남자의 코 위에다 음부를 갖다 놓더니만 아차 하는 사이에 코를 그 안에 집어넣어 버렸다. 코가 양물보다 더 낳았다. 계집의 쌓이고 쌓인 욕정이 머리끝까지 사무쳤으니, 남자야 어찌 되든 알 바가 아니다.

남자는 창졸간 내려 덥치는 일이라 피할 길도 없었다. 처음에는 그대로 입으로 약간 숨을 쉴 수 있었으나, 넘쳐흐르는 물은 입가 수염에 묻다 말고 계집의 엉덩이까지 젖어 흘러내려 부비대는 젖 먹은 힘을 다하여 이리저리 뒹구니 계집은 더욱 좋아라 하고 마구 누르며 부벼댔다. 끊임없이 물을 흘리면서……. 남자는 마침내 숨을 쉬지 못하고 완전히 의식을 잃고 말았다.

먼 마을에서는 닭이 울었다. 여인의 분은 반이나마 풀렸다. 비로소 제정신이 돌아온 여인은 남자를 돌아보았다.

"……?"

머리며 얼굴이며 할 것 없이 상반신은 온통 허연 물로 덮여 있고 남자는 꼼짝달싹하지 않는다.

"여보! 여보!"

남자의 몸을 흔들며 불러 보았으나 꼼짝하지 않는다.

'큰일이다. 이 일을 어찌 하나.'

분명 사람을 죽였다. 갖다 버리려 해도 혼자서는 할 수 없고 집에 그대로 두자니 그것도 안 될 말이다.

'옳지, 막둥이 어미를 소리 해야지. 그년은 종년이니 후히 대접하여 멀리 보내면 설마 소문이야 내려고.'

여인은 부랴부랴 옷을 주위 입고 문을 차고 막둥이네 집으로 갔다.

찬바람이 핑 돌자 남자는 비로소 제정신이 돌아와서 주위를 살펴보니 빈방에 혼자 누워 있고 상반신은 물로 젖어 후끈하였다. 어젯밤 일이 주마등처럼 머리에 떠올랐다.

"아! 그년이, 그 화냥년이!"

"어디 갔을까? 또 오면 이제는 정말 죽지."

남자는 더 누울 수가 없었다.

"그년이 오기 전에 도망치자."

눈에 뜨이는 옷을 주섬주섬 주워 입고 뒤도 돌아보지 않고 뛰쳐나오니 먼산에는 아침 해가 떠 있고 들에는 한 사람 두 사람 일찍 일어난 농부들이 보였다. 남자는 어젯밤에 당한 일이 자꾸만 떠올랐다. 그 지긋지긋한 회상을 떨어뜨리는 양 머리를 설레설레 흔들며 정신없이 길을 가니, 아는 사람을 만났다.

"자네 내외간에 싸움하였나, 웬 미음은 그렇게 덮어 썼어?"

남자는 함구불언 코만 킹킹하면서 당황히 간다.

"허! 그 사람 이상한데, 미음을 먹으면 입으로 먹지 코로 먹나? 코는 왜 킁킁거려."
하며 머리를 갸우뚱하더라.

양물의 때를 보소서

 제주도에 어부 한 사람이 큰 돈을 가지고 서울에 와서 객사에 들었거늘, 그 집 주인 부부는 성품이 본시 포악한지라 궤계(詭計)로써 장차 그 돈을 뺏고자 하여 그 처를 시켜 나그네가 깊이 잠든 틈을 타서 가만히 나그네의 자는 방에 들어가게 하고, 그 사람이 잠이 깰 때를 기다려 그 주인이 노발대발하며 가로되,
 "네가 남의 처를 유인하여 객실에 이끌어 간통하니, 세상에 어찌 저와 같은 나그네가 있을까 보냐."
하고 팔을 벌려 두드리며 관가에 고소하여 간통죄로써 다스리라고 하고, 일부러 그 처를 때린즉 그 처가 가로되,
 "나그네가 나를 꾀어 방으로 들어가 강제로 겁간하려고 하였다."
하니 나그네가 깊은 밤에 뜻 아니한 봉변을 당하는구나 하였으나 유구무언에 어찌할 수 없는지라. 나그네의 결백함을 누가 능히 변명해 주며 누가 능히 증거하리요. 그 주인이 관에 고소하

려고 가는데, 한 사람이 들어와 나그네에게 이르되,
 "관가에 고발하면 손재 망신은 의당히 받을 바이니 돈으로써 사과하고 서로 화해하는 것이 어떠하오?"
하거늘, 이는 그 주인이 가만히 딴 이를 시켜 청택함이더라. 나그네가 억울하기 그지없으므로 돈을 내어 사과하기도 저해해서 그냥 방치하고 있었더니, 얼마 후에 관정(官庭)의 소환을 받아 변명할 바가 없더니 문득,
 "방사(房事)를 행하였으면 양경(陽莖)에 때〔垢〕가 있겠소이까?"
한즉 사또가 가로되,
 "어찌 때가 있겠느냐. 반드시 때가 없느니라."
 "그러면 저의 양경을 검사하소서."
하고 내어 보이는데, 사또가 자세히 보니, 양경에 골가지가 잔뜩 끼어 냄새가 고약한지라. 이에 곧 나그네의 애매한 것을 알고 객사의 주인 부처를 국문한즉, 부부가 돈에 탐이 나서 무고(誣告)하였다고 자백하였다.

신승의 기이한 선물

　마을에 한 과부가 외롭고 가난하게 사나, 오랫동안 정절을 지켜 소문이 원근에 자자하였다. 하루는 날이 저물어 한 노승(老僧)이 바랑을 지고 석장을 이끌고 와서 사립문을 두드리며 하룻밤 자고 가기를 청하거늘,
　"내 집은 워낙 가난하고 또 남정네도 없으며, 내가 홀로 단칸방에 살 뿐이니 딴 데로 가소서."
　"이미 날은 어두웠고 밖에 인가가 없으니 자비심으로써 하룻밤을 허락하시면 그 은혜가 크리로다."
하므로 부득이 허락한 후에 보리밥과 토장국이나마 깨끗이 바치니 스님이 주린 끝에 달게 먹었다. 주인은 늙은 스님을 생각하여 아랫목에서 쉬게 하고 자기는 윗목에서 자게 되었는데, 여주인은 옷조차 벗지 않고 그냥 잤다. 서로 잠이 오지 않아서 끙끙대다가 스님이 잠든 체하고 다리로써 여주인의 다리 위에 걸어 놓은즉, 여인이 양손으로 공손히 내려놓았고, 얼마 후에 또

한 손을 여인의 가슴 위에 놓은즉 여인이 또한 두 손으로 공손히 내려놓으며,
"너무 곤하셔서 이렇게 하시는가 보다."
하고 새벽이 되자 일찍 일어나 밥을 지어 깨끗하고 담박한 밥상을 올렸다. 스님이 또 달게 다 자신 후,
"볏짚이 있으면 몇 단 주시오."
하거늘 볏짚을 드렸더니 그것으로 스님은 가마니를 짜서,
"후한 은혜를 무엇으로 사례하리까. 이로써 예사(禮謝)하노라."
하고 소매를 떨치고 가니, 그 간 바를 알지 못하겠더라. 여인이 얼마 후에 그 가마니 속을 들여다보니 이것이 웬일이냐, 흰쌀이 그 속에 가득하였다. 쌀을 궤 속에 옮기고 난즉 또 다시 그 가마니 속이 쌀로 불룩하였다. 그리하여 이로부터 거부(巨富)가 되었다.
이웃 마을에 욕심 많은 과부 한 사람이 이 소문을 듣고,
"나도 마땅히 중이 와서 자게 되면 그렇게 하리라."
하고 스님이 찾아오기를 고대하더니, 하루는 석양 무렵에 한 늙은 스님이 하룻밤 자고 가기를 청하거늘, 과부가 곧 허락하여 저녁밥을 대접한 후 함께 한방에서 자더니, 여인이 거짓 자는 체하다가 먼저 다리를 스님의 배 위에 걸어 놓은즉, 스님이 다시 가만히 내려놓기를 무수히 하다가, 아침에 여인이 일찍 일어나 조반을 지어 대접한즉 스님이 떠날 때 과연 볏짚을 청하는지라. 여인이 크게 기꺼워하여 볏짚 여러 단을 가져간즉 스님 또한 가마니 한 개를 만들어 주곤 훌훌히 떠나갔다.
여인이 그 가마니 속을 들여다본즉 이것은 무엇이냐 해괴하

기 그지없다. 양물이 하나 그득 쌓였거늘 여인이 크게 놀래 솥 뚜껑으로 덮으니 이번에는 솥 속에도 또 그것이 꽉 차는지라. 여인은 미칠 지경이 되어 그것을 우물에 던져 버리니 우물 안에 그득한 것이 양물 천지라. 그것이 어지러이 날고 뛰어서 온 집 안에 꽉 차니 여인이 과욕을 뉘우쳐 신승(神僧)의 경계하심을 비로소 깨치더라.

무엇에 쓰는 물건인고

　어떤 시골에 한 과부가 살았는데, 그의 소원은 도깨비와 한번 친해 보고 싶은 것이었다. 만일에 도깨비와 친한다면 무엇이든지 소원대로 갖다 준다. 그러나 도깨비의 비위를 한번 거슬리기만 하면 논밭의 곡식은 거꾸로 심겨지고 솥뚜껑이 솥 안에도 들어가고 밤이 되면 집 안에는 모래나 돌이 날아 들어오는 무시무시한 변괴가 일어나는 일이다. 그러나 아무라도 쉽게 도깨비와 친해질 수도 없고 우연한 기회를 기다리는 수밖에 없는 것이 안타까운 일이다. 그러므로 과부도 우연을 기다려야 하였다.
　어느 날 밤이었다. 과부가 홀로 방에 앉아 있으니, 도깨비가 이상한 물건을 하나 방 안에 던져 주고 갔다. 깜짝 놀라 가만히 들여다보니 그것은 큼직한 양물이었다. 과부는 내심으로,
　'도깨비가 나를 동정하는구나.'
생각하며 그것을 손에 쥐고 들여다보며, '이것은 대체 무엇에 쓰는 물건인고?' 혼잣말로 지껄이니 그것은 갑자기 건장한 총

각으로 변하더니 불문곡직하고 과부에게 달려들어 겁간하였다. 일이 다 끝나니, 총각은 다시 한 개의 양물로 돌아왔다. 과부는 이 결과가 어떻게 된 것인지 일변 두렵기도 하지만 그 신기한 조화에 놀랍고 기뻤다.

그 후부터는 생각날 때마다 양물을 잡고 재미를 볼 수 있으니 세상에 이보다 더 귀한 것은 있을 수가 없다 하고 장롱 속 깊숙이 넣어 두었다가 필요할 때가 되면 그놈을 끄집어내어 쥐고,

"이것은 대체 무엇에 쓰는 물건인고?"

하면 곧 총각으로 변하여 그 소회를 풀어 주니 그 이후부터 과부는 비로소 새 광명을 찾았고 세상에 사는 기쁨을 얻을 수 있었으므로 언제나 희색이 얼굴에 넘쳐흘렀다.

하루는 멀리 볼일이 생겨 이웃 과부에게 집을 부탁하고 떠났다. 이웃 과부는 별 할 일도 없고 그 과부의 살림살이나 구경하자고 과붓집에 와서 이리저리 뒤져 보았다. 마침 장롱을 열어 보니, 이상한 물건이 하나 있는데, 흡사 양물 같았다.

"아하! 이놈을 가지고 남모르는 재미를 보는구나. 그러나 이것을 가지고는 다만 보는 것뿐일 텐데 무슨 재미가 있을까? 오히려 속만 더 태울 뿐이지."

그것을 끄집어내어 손에 쥐고 이리저리 뒤지면서 고루 보았다. 암만 보아도 그놈으로서는 별다른 재미를 볼 수 있는 것 같지는 않다.

"그럼 이것은 대체 무엇에 쓰는 물건인고?"

말이 미처 입가에서 떨어지기도 전에 기다렸다는 듯이 그놈은 갑자기 한 건장한 총각으로 변하여 벌벌 떨고 있는 과부를 다짜고짜로 끄집어 엎어서 행간을 하더니 일이 끝나자 총각은

온데간데없고 먼저 그 양물만 있었다. 과부는 모처럼 당하는 일이라 즐거워야 하겠으나 즐거움은 간 곳 없고 다만 두렵고 놀라울 뿐이었다. 부랴부랴 장롱 속에 집어넣고 집으로 돌아갔다.

시간이 가고 제정신이 차려지니 그놈에 대한 호기심은 더욱 간절하였다. 저녁밥을 짓는 장작개비도 그놈만 같아 보이고 방 구석에 돌아다니는 다듬이 방망이도 그놈만 같아 보였다. 하는 수 없이 불을 끄고 잠자리에 누웠다. 그러나 연신 그놈만이 눈에 어른거리고 잠을 이루지 못하였다.

"지금 가서 다시 한 번 해볼까? 그 총각놈이 또 나타날까?"

하룻밤을 온통 뜬눈으로 세웠다. 아침이 되자 미친 듯이 달려가 장롱 문을 열고 그놈을 끄집어내어 들고 어제와 같은 말을 하니 그 총각놈이 나타나서 또한 행간을 하는데, 그 재미는 이루 말할 수 없었다.

"어쩌면 이놈을 내 것으로 만들까?"

"달라고 한다."

"주지 않지."

"그럼 같이 가지고 놀자고 한다."

"그것도 안 될 말."

"몰래 가지고 가 버려?"

"이내 달려와서 야단일걸."

"어찌 되었든 올 때까지 실컷 재미나 보고 하회를 기다리자."

이후로는 밤이나 낮이나 시간이 있는 대로 생각나는 대로 달려가서 재미를 보았다. 며칠이 지나서 과부는 돌아왔다. 두 과부 사이에서는 그간의 이야기가 오고가고 하다가 종내는 그것에 대한 얘기가 나오자 주인 과부는 펄펄 뛰었다.

며칠이 지나니, 이웃 과부는 그놈의 생각이 또한 간절하여 주인 과부한테 가서 하룻밤만 빌려 줄 것을 간청하였으나 도저히 들어주지 않는다. 이웃 과부는 성이 부시시 일어났다.
　'대체 이년은 그것을 한 번 빌려 주는데, 그놈이 닳느냐 어디로 날라 가느냐? 그렇지 않으면 내가 집어먹어 삼키느냐?'
　내심 괘씸하였다.
　'어디 두고 보자.'
　두 과부는 좋지 않은 말이 몇 마디 오고가더니 싸움이 벌어졌다.
　아무리 말려도 온통 듣지 않는다. 이 소문은 마침내 그 고을의 원의 귀에까지 들어갔다.
　"어디 세상에 그럴 리가 있을라고. 귀신이란 원래 심신에서부터 생기는 것이고 도깨비란 정신이 부설하여 헛것이 보이는 것인데."
　원은 극구 부인하고 아전배는 사실이 그렇다고 우겨댔다. 마침내 원은 그 과부를 불러 그 물건을 가져오라고 하였다. 과부가 갖다 바치는 그 물건을 원은 손에 쥐고 이리저리 보았다. 모양은 틀림없이 소문과 같이 양물 같았으나 그 사실을 믿을 수가 없으며, 또한 그것이 과연 그러할 줄은 꿈에도 생각해 본 적이 없었다.
　"그러면 이것은 대체 무엇에 쓰는 물건인고?"
　원은 혼자 중얼거렸다. 원의 말이 채 입에서 떨어지기도 전에 그 양물은 총각으로 변하여 다짜고짜 사모관대를 한 동헌에 높이 앉은 원에게 달려들어 여러 사람들이 보는 가운데서 행간을 하고는 다시 원래의 양물로 변하였다. 원은 놀랍고 창피하였으나 자기로서는 어찌할 도리가 없어 사실을 자세히 써 장계(狀啓)와 함께 감영으로 보냈다.

　이 소문은 마침내 입에서 입으로 퍼져 모르는 사람이 없게 되었고 감영에 가지고 왔다 하나 귀결이 어찌 될까, 그 소문이 사실인가 하여 그 물건을 먼빛으로나마 한 번 보려고 감영 근처에는 구경꾼으로 인산인해를 이루었다. 감사도 원의 장계와 그 물건을 보니 이상하기는 하나,

　"어디 세상에 그럴 리가 있을라고? 원이 미쳤거나 하였겠지."

하고 무심히 그 물건을 들여다보니 흡사 양물 같았다. 그러나 이것이 설마 그럴랴고?

　"그럼 이것은 대체 무엇에 쓰는 물건인고?"

　감사는 혼잣말로 중얼거렸다. 그 말을 채 다하기도 전에 더벅머리 총각놈이 나타나서는 사람들이야 있건 말건 다짜고짜 감사를 엎어 놓고 행간을 하더니 일이 끝나자 본래의 양물로 변하였다. 감사는 치사하고 괘씸하여 분이 머리끝까지 올랐다.

　'이 요물을 불에 태워 버리자.'

　생각하고 감영 뜰에 모닥불을 지피게 하여 그 속에 던져 넣었으나 타지도 녹지도 않았다. 다시 끄집어내어 펄펄 끓는 물에 넣었으나 삶겨지지도 않고 익지도 않았다. 감사는 하는 수 없이 모든 것을 단념하였다.

　"조물주는 불쌍한 과부를 위해서 이런 것을 만들었는가 보다."

　생각하고 그것을 과부에게 다시 돌려주고 말았다.

어면순

주장군전

　주장군의 이름은 맹이요, 자는 앙지니 그 웃대는 낭주 사람이었다. 먼 선조 강이 공갑(孔甲)을 섬기되 남방주오 역상지관(南方朱烏 曆象之官)을 맡아 출납을 관장하더니 그 공으로 공갑은 매우 기뻐하여 감천군 탕목읍을 주시고 식읍(食邑)을 삼게 하니 이로부터 그 집에 있게 되었다.
　아비의 이름은 난이며, 열 임금을 계속해서 섬겨 벼슬은 중랑장에 이르렀고, 어 미음(陰)씨는 관(貫)이 주애현인데, 어려서부터 자색이 아름다워 붉은 입술과 붉은 얼굴, 성품이 어질고 내조의 공이 컸으므로 그 아비 난은 매우 소중히 여기는 터라, 비록 적은 허물이 때때로 있었으나 그것을 탓하지는 않았다.
　대력 11년에 그 아들 맹을 낳으니, 맹의 품행이 비범하였으나 다만 한 가지 흠이 있다면 눈이 하나뿐이라는 것이다. 때때로 이것으로 말미암아 더욱 그 이름을 떨칠 때도 있으니 반드시 흠잡을 것은 아니라고도 하겠다.

맹은 성격이 온순하고 특히 목의 힘이 대단하였다. 그 힘이 세므로 한번 화가 나면 수염이 꼿꼿하고 힘줄이 온몸에 드러나서 어떠한 일이 있더라도 오래도록 읍하고 굽힐 줄 모르나 남을 공경할 줄 알고, 조심하여 자주 몸을 굽혀 꺼덕하였다. 몸에는 언제나 토홍(土紅)빛 단령(團領)을 입고 비록 엄동폭서를 당할지라도 벗을 줄을 몰랐다. 무릇 출입할 때는 반드시 두 개의 환자(丸子)를 붉은 주머니에 넣어서 잠시라도 몸에서 떠날 새 없이 차고 다녔으므로 세상 사람들은 모두들 독안룡(獨眼龍)이라 하였다.

이웃에 장중선·오지향이라는 두 기생이 있었는데, 맹은 이들을 좋아하고 즐겨하였다. 그러므로 남몰래 그들과 번갈아 자주 만나다가 드디어 두 기생이 알게 되어 주먹을 휘두르면서 죽네 사네 달려들었으나 맹은 워낙 성질이 온순하였으므로 두들겨 맞아 눈시울이 몇 군데 찢어지고 눈물이 옷깃을 적셨으나 오히려 달게 받고 웃으며,

"하루라도 너희들의 주먹으로 두들겨 맞지 않으면 마음이 편하지 않고 섭섭하더구나."

이 얘기를 전해 듣는 사람들은 모두 맹을 천히 여겼다. 그 후부터 맹이 절조를 굽힌 것을 크게 뉘우치고, 기회가 있으면 명예를 회복하겠다고 굳게 맹세하였다.

단갑이 즉위한 지 3년에 제군(臍郡) 자사, 환영이 주언하기를,

"군 아래 오랜 보지(寶池)가 있사온대, 샘물이 달고 땅이 기름진 곳이어서 초목이 무성하나, 사는 백성들이 희소하온대 힘써서 개간한다면 반드시 그 효과가 클 것으로 생각하오나, 근자

에 가뭄이 심하여 그 못이 거의 마르고 가끔 못 기운이 위로 올라와 응결하고 있사오니, 원하옵건대 폐하께서는 즉시 조신(朝臣)을 파견하시어 지신(地神)을 개유하시고 날로 역군을 감독하여 못을 깊이 파서 못 물을 모아 두었다가 흘려 낸다면 천하대본(天下大本)을 잃지 않겠사올 것이오며, 비록 무식한 필부(匹夫) 필부(匹婦)라 할지라도 어찌 폐하의 조치에 감동하지 않으리요. 깊이 통촉하시와 선처하심을 복망하나이다."

왕은 그 말을 옳게 여기고, 파견할 사람을 물색하였으나 좀처럼 생각나지 않으므로, 여러 신하를 모아서 인물 선택을 자문하니 온양부 경력 주차가 맹을 추천하면서 가히 쓸 만하다고 하니, 왕은 이르기를,

"짐 또한 음향(飮香)이 오래인지라, 다만 상말에 이르기를 눈이 바르지 못하면 그 마음도 바르지 못하다 하며, 또한 나쁜 땅에는 풀도 안 난다 한즉 맹을 듣기는 대머리에 상하 찢어진 외눈이 한이로다."

주차가 그 말을 듣고 사모도 안 쓴 대머리를 조아리며,

"옛 성군은 오히려 두 알로써 간성지상을 버리지 않았다 하옵니다. 어찌 다만 한 가지 용모의 흠을 가지고 갑자기 버리시나잇가? 원하옵건대 폐하께서는 당분간만 맹을 시험하여 써 보소서. 만일에 맹이 그 직을 능히 감당하지 못하온다면 신이 그 죄를 마땅히 감수하겠나이다."

왕이 아무 말 없이 오래도록 앉았다가,

"경의 말이 옳도다. 다만 맹이 깊은 숲 속에서 목을 움츠리고 그 양기를 감추었거늘, 오히려 그가 짐이 기용함을 좋아하는 기색 없이 사양하며, 그것이 사람들에게 알려지면 어찌하겠는가.

짐은 그것이 몹시 두렵소."
　주차가 이르기를,
"맹의 성품이 강유를 겸하여 펴고 나오면 그 위력이 하외(河外)에 미치고, 비록 사나운 용맹을 굽혀서 하내(河內)에 들어가 있음은 사지(四肢)에 뼈가 없는 소치이온즉, 폐하께서는 성심껏 청하신다면 그가 어찌 사양할 수 있겠나이까?"
　왕이 주차로 하여금 날을 받아 폐물을 가지고 가게 하였는데, 맹은 즐겨 왕명을 받들거늘 왕이 크게 기뻐하며 절충장군을 하이시고 보지 착사로 명하시니, 맹은 명을 받들어 주야로 강행하여 용천과 양릉천을 지나고 양관을 지나면 곧 못 언덕에 이른다. 못과 양릉천 사이의 거리는 재삼리(才三里)이다.
　먼저 이성 사람 맥효동이 스스로 못을 파서 물대일려 꾀하다가, 장군이 온 것을 듣고 얼굴을 붉히고 물러났다. 장군은 사방을 두루 살피고 득의만면한 얼굴로 수염을 쓰다듬으며,
　"이 땅은 북으로 옥문산이 솟아 있고, 남쪽으로 황금굴이 이어 있고, 동서의 붉은 낭떠러지 서로 둘러서 있고, 그에 한 바위가 있으니, 모양은 흡사 감씨를 닮았는데, 진정 술객(術客)들이 이르는바 요충출지(要衝出地)요, 지형은 용이 구슬을 머금은 형극이라 적은 힘으로는 소기한 바를 이루지 못할 것이다."
하고 드디어 조목을 들어 그 형세를 왕에게 표(表)를 올리니,
　"신 맹은 선조의 여열(餘烈)을 이어받아 성조(聖朝)의 크나큰 은혜를 입어 절충 천리에 죽어서라도 그 절개를 세우려 하는 바이라, 어찌 오래도록 외지에서 사소한 고행을 싫어하리요. 성공한 후라야 알 것이오니, 몸이 감천군에 이르러 어찌 일함을 꾀하지 않으리요. 바라옵건대 살아서 옥문관(玉門關) 중에 들어가

옴을 날로 기다려 마지않는 바이옵니다."

왕이 맹의 표를 보시고 즐겨 마지않으시면서, 그의 장한 공적을 칭찬하는 글을 내려 이르기를,

"서방(西方)의 일은 오직 경에게 맡겨 부탁하는 바이니, 경은 노력을 아끼지 말지어다."

맹이 조서를 받들어 머리 조아려 치사하고, 사졸(士卒)과 함께 고락을 같이하며, 또는 타이르고 또는 파헤치며 또는 반면(半面)만 보이고 또는 전체를 나타내어 구부렸다가 폈다가 엎뎠다 제쳤다 들어갔다 나갔다, 몸을 굽혀 있는 힘을 다하여 거의 필사적이라.

일은 아직 반도 하지 못해서 비로소 맑은 물줄기 몇 가닥이 흘러서 마지않더니, 갑자기 흐린 조수가 용솟음쳐 나와 감당이 불감당이라. 섬이 몽땅 물에 빠지고 수풀도 잠겨졌으니, 장군 또한 어찌 면하였으리요. 온몸이 흠뻑 젖어 태연히 서 있으면서 머리털 하나 까딱하지 않았다. 그때에 백혀가리 홍벼룩의 무리들이 함께 살더니 이 갑작스러운 외씨의 환(患)을 당하여 같이 숲 속에 숨어 있다가 조수의 변을 당하였다. 물에 밀려 황금굴까지 떠내려갔다가 굴신을 만나 울부짖으며 살려 달라고 하니 굴신이 말하기를,

"요사이는 짐승들의 무리까지 또한 이런 환을 당하니 큰 탈이로구나. 그가 가끔 미음을 보내어 대접하는 것을 고맙게 여겨 일체 말하지 않음이 오래더니 이제 그대들을 위하여 마땅히 꾀하리라."

벼룩의 무리들은 좋아라고 날뛰며,

"이 일은 저희들 일가 부스러기의 생사에 관한 일이오니 널

리 살피시어 저희들 미물(微物)을 불쌍히 여기소서."

굴신이 벼룩의 말을 듣고 자못 딱하게 여기고는 곧 못 신한테 가서 크게 꾸짖었다.

"너희 집의 지각 없는 손이 너무나 심하게 구는구나. 언제나 이환낭(二丸囊)을 우리 집 문 앞에 달아 두고 출입이 무상하니 처음은 다문다문 그러기에 가만히 참았더니 나중에는 너무 잦은 나머지 이웃의 체면도 돌보지 않고 물로 우리 집 뜰과 문을 흠뻑 적시고 문짝을 함부로 치니 미쳐도 분수가 있지 어찌 이럴 수가 있느냐?"

굴신은 연신 입을 삐죽거렸다. 못 신은 잘못하였다고 빌었다.

"손의 출입이 심하여 그 폐가 존신(尊神)에게 미쳤으니 비록 죽물의 변상이 있기는 하였으나 어찌 문을 더럽히는 욕에 당하리요. 이에 존신을 위하여 마땅히 벌을 주어야 하겠사오니 존신은 이웃의 정리(情理)를 생각하시어 널리 용서 바라옵니다."

밤이 되어 못 신이 가만히 엿보니, 장군은 사졸을 독려하여 못 파는 데 정신이 팔려 전후를 분간하지 못하는 기회를 이용하여 가만히 그 머리를 깨물고 또한 두 언덕의 신을 부려 협공하게 하니 장군은 머리가 터져 흰 골수가 몇 술 가량 흐르더니 힘이 다하여 죽고 말았다.

이 부음(訃音)을 들은 왕은 몹시 애통한 나머지 조회를 파하고 백사를 삼가하고 맹에게 '장강직효사홍력공신'이란 호를 내리시고, 예로써 곤주에 장사를 지냈다. 나중에 곤주를 지나던 어떤 사람이 우연히 장군을 만났는데, 자세히 보니 대머리를 번쩍거리며 지금도 여자의 그것 속을 헤엄쳐 다니며 때때로 불생불사(不生不死)의 석가의 학문을 배우고 있다고 한다.

옥문도 모르는 신랑

 어리석은 한 신랑이 있었는데, 그는 남들이 장가가서 즐겨 하는 방사는 물론 여자의 옥문이 어디 있으며 무엇에 쓰는 것인지도 제대로 몰랐다. 하루는 그의 친구에게 살짝 물어 보았다.
 "여보게, 옥문이란 어떤 것이며 무엇에 쓰는 건지 아는가? 좀 가르쳐 주게나."
 그 말을 들은 친구는 어처구니가 없었다.
 "이놈아, 그래 옥문도 모르며 장가는 왜 갔으며, 그래 그런 재미도 모르고 이 세상에 산단 말인가. 한턱 톡톡히 내게, 내 그러면 가르쳐 주지."
 "가르쳐 주면 내다뿐인가. 그건 염려 말게, 틀림없다니깐."
 "그래 틀림없지, 몇 되나 낼 건가? 우리가 모두 실컷 먹고 남아야 해. 알지……. 그럼 이리 와, 내 가르쳐 주지. 여자의 옥문은 이렇게 송편같이 생겼단 말이야. 그리고 이 언덕에는 검은 털이 나고, 이 가장자리는 붉고 가운데는 궁이 있는데, 그 궁에 자네의 그 연장을 넣어 보게나, 그러면 알 걸세. 이 술 몇 되 몇 말이 아깝지 않다는걸. 그야 이 세상에서 둘도 없지, 신선이 되어 학을 타고 저 푸른 하늘을 마음대로 날아다닌다 해도 그 재미만은 못할 걸세. 이제 알겠나."

"어이 고맙네, 이 은혜는 죽어도 잊지 않겠네."

봄날 달빛이 희미한 어느 날 밤 신랑의 가슴은 두근댔다.

"오늘 밤은 고놈의 옥문을 찾아 이 세상에 둘도 없는 재미를 봐야지. 그렇지, 그 전날 친구들에게 받아 준 술값은 단단히 찾아내야지."

마음을 단단히 먹고 희미한 달빛 따라 내실로 들어갔다.

내실에는 과연 언덕에 검은 털이 나고 송편같이 생긴 것이 가장자리는 붉은 것이 있었다.

"아! 이것이 정녕 옥문이로구나. 가만 있자, 내 연장을 내어야지, 그리고 조 안의 조 궁에 넣어 보자. 그러면 아!"

눈을 실근히 감고 가만가만 그 궁에 넣었다.

그러나 그 반응은 의외였다. 그것은 마누라의 옥문이 아니고 장인의 입이었으니 말이다. 밑에서 퇴퇴 하는 장인의 몸부림을 보자, 신랑은 연장을 빼어 옷 입을 겨를도 없이 부랴부랴 도망을 쳐 부엌으로 가서 숨을 곳을 찾다가 마침 큼직한 반상이 있기에 그 밑에 들어가 숨었다.

장인은 깜짝 놀라 깨어나 계집종을 불러 꾸짖었다.

"이년들아, 간고기를 어디에 두었기에 고양이에게 물려 보냈느냐? 그 간고기를 물고 내 입 위를 지나가지 않느냐, 고양이를 잡자."

하면서 큼직한 막대기를 찾아 쥐고 이리저리 찾아다녔다. 마침 부엌에 이르러 손을 소반 아래 넣었다가, 우연히 신랑의 경두를 만지게 되었다. 아직 침이 마르지 않은 때라 손에 뭉크레 묻었다.

"야 이년들아, 내일 아침 조반국은 나는 먹지 않으련다. 젓동이 마개를 막지 않아 내음이 코를 찌르는구나."

신랑은 위기를 겨우 면하여 자리에 돌아와 자고, 이튿날 다시 그 친구들을 찾아가서,

"예끼 이 사람들, 사람을 속여도 그렇게 속이는 법이 어디 있어. 내가 밤에 실험하니 터무니없는 거짓말이 아닌가, 예끼 이 사람들."

하고 항의하니 친구들은 어처구니가 없었다.

"이것을 어떻게 가르쳐야 바로 가르쳐 주나."

"아 이 사람아, 빛깔에 다소 차이가 있을지 모르니, 오늘 밤에 더 붉은 것을 찾아보게. 그러면 틀림없을 걸세, 알겠는가? 어젯밤보다 더 붉은 것을 찾아 해 보게."

그날 밤 신랑이 마루를 보니 붉은 것이 은은하게 보이는데, 어젯밤의 그것보다는 분명히 더 붉었다.

"옳다, 조것이 분명 옥문이로구나."

하고 옷을 벗어 던지고 슬금슬금 기어가서 붉은 한가운데쯤 하여 푹 집어넣었다.

"앗! 뜨거워."

하고는 두 손으로 움켜쥐고 도망쳐 뒤뜰의 월계화 숲 속으로 마구 달려갔으니, 그것은 옥문이 아니라 계집종들이 다리미질하다 남은 숯불이었으니 신랑의 연장이 완전할 리 없었다.

게다가 월계화 숲에서 쓰라림을 견디다 못하여 이리 뒹굴고

저리 뒹굴고 하였으므로 불에 데어 헌 데에 월계화 꽃잎이 붙어 빈 데가 없었다.

　이튿날 신랑이 헛간에 가서 그것을 자세히 보니 누른 꽃잎이 묻어 볼꼴이 사나워 두 손으로 움켜쥐고 하나 하나 꽃잎을 떼어 내고 있는데, 별안간 장모가 들어오다가 그 꼴을 보고 신랑을 부르니 신랑은 깜짝 놀라 도망쳐 버렸다.

　장모는 어처구니가 없어 안방에 가서 장인과 마주앉아 말하기를,

　"남의 자식을 귀여워하는 것은 도시 헛일이란 옛말이 과연 옳구려. 내가 헛간 앞을 지나다 마침 신랑을 보니 꾀꼬리를 잡아서 날개를 뜯고 있기에 우는 애기 주라 하려고 부르니 아니 그것을 무엇이라고 숨겨 쥐고 도망가 버리잖아요. 남의 자식은 소용없는 것, 귀여워한다는 것은 도시 헛일이오."

임서방이 그 일을 알더냐

 전라도 고부 땅에 경상사라는 사람이 과년한 딸 하나를 두었는데, 드디어 부안 땅 임씨 댁 아들을 사위로 맞게 되었다. 화촉을 밝힌 첫날밤에 신랑 임서방이 공교롭게도 아랫배에 종기가 생겨 운우(雲雨)의 재미를 보지 못하고 사흘을 보내다가 자기 집으로 돌아갔다.
 경씨가 딸을 불러 묻기를,
 "임서방이 그 일을 알더냐?"
하고 물으니 그 딸은 아무 대답을 하지 않고 울기만 하였다. 경씨는 이상히 여겨 더 물으려 하다가 혹시나 연연한 정을 다칠까 싶어 그 누이를 시켜 물어 보게 하였다. 그랬더니 소리내어 통곡하면서 말하기를,
 "아버지, 어머니가 나를 망쳤어. 신랑은 사내노릇도 하지 못하는 병신이란 말이야. 응응……."
 경씨 부부는 크게 놀라 급히 편지를 써서 바깥사돈인 임씨에

게 보냈다.

"장가든 지 사흘이 지나도록 신랑은 사내노릇을 하지 못해 외손자 보기 틀렸으니 원통하고 애통하오."
라고 하였더니 임씨가 답하기를,

"내 아들의 그것을 언제 보았기에 그런 말씀하시오. 일전 돌다리 밑에서 고기를 잡을 때 얼핏 보았더니 왼손으로 가리면 바른쪽이 남고, 바른손으로 가리면 왼쪽이 남았소. 뿐만 아니라 이웃 김호군의 계집종 막덕이를 작첩하여 두 남매까지 낳아 잘 자라고 있으니 내 아들을 의심함은 천부당만부당하오. 다만 그 날 손이 서는 방위로 출행한 때문이라 마땅히 크게 꾸짖겠사오니 아무 염려 마오."
라고 답하였다.

경씨가 읽고 이제야 안심하고 기쁜 마음으로 아내에게 이야기하였다.

그러나 그의 아내는,

"여보, 그런 것이 아닐 겁니다. 편지는 그렇게 하였으나 지난날에 아무 증험도 없었으니 그 일을 어찌 믿겠소. 바깥사돈은 반드시 자기 아들을 위하여 거짓으로 한 말임이 분명합니다."
라고 말하였다.

사실 듣고 보니 경씨도 그럴듯한지라. 고개를 떨어뜨리고 수심에 잠겨 있을 때 까불이 맏사위 우서방이 나타나서 장인·장모를 뵌 후,

"요사이 두 분의 얼굴빛이 심히 좋지 못하옵고, 혹시 무슨 근심이라도 있는 것 같사온대 감히 그 연유를 알고 싶사옵니다."
하니 장인이 추연히 이르기를,

"자네는 우리 집에 온 지가 오래라, 내 자식과 다름이 없으니 어찌 작은 일이라도 숨기겠는가. 그런데 자네는 들어 보게. 새 신랑이 장가온 지 사흘이 지나도록 사내 구실을 모르니 그 집의 앞일이 낭패 아닌가."

이 말을 들은 우서방은 눈을 크게 부릅뜨고 팔뚝을 걷어 올리면서,

"어렵지 않은 일이올시다. 제가 꼭 알아보지요."

라고 자신있게 말하였다.

며칠 후 임서방이 처가에 들렸는지라.

맏사위 우서방은 대문 뒤에 숨어 있다가 임서방이 문에 발을 딛자마자 다짜고짜 때려눕혀 그것을 만져 보니 과연 큰지라.

우서방은 지체하지 않고 소리 질러,

"장인·장모님! 신부는 대복이요, 임서방의 물건은 길고도 큽니다."

하면서 팔뚝을 흔들어 흉내를 내보이니, 경씨 부부는 어느 정도 마음은 놓였으나 미상불 직접 보는 것만 같지 못하였다.

밤이 되자 경씨는 이내 신방에 불을 밝히고 신랑·신부를 들여보내고는 자신은 가만가만 집 뒤로 돌아가서 뒷문에 침을 발라 구멍을 뚫고 발돋움하여 거동을 엿보았다.

임서방의 종기는 이미 다 나았고, 아버지로부터 꾸중까지 들었으므로 회분이 얽혀 방사(房事)가 자못 강하고 바야흐로 무아지경에 이르렀다.

경씨는 허겁지겁 안방으로 달려와 엉겁결에 자기 처를 보고,

"여보, 마누라. 등잔에 술 붓고 탕관에 불 켜오. 신랑이 일을 한다, 일을 해. 시렁 위의 대설기를 내려 가져오시구려. 홍시를

얼른 갖다 주어야지."
　부인 또한 좋아라고 어쩔 줄을 몰라 하면서,
　"그 전날 내게는 그렇게도 아끼던 홍시 이제야 맛보겠구려."
하고 계집종을 불러 꿇게 하고 그 등에 올라가 설기를 내리려 하니, 워낙 무거워 힘이 차서 무심중 방귀가 나왔겠다.
　그 처는 무참을 견디지 못하여 계집종을 꾸짖고 마구 때려 갈겼다.
　이 광경을 본 경씨는 매를 빼앗아 말리면서,
　"일이 급하여 그렇게 되었거늘 어찌 그 애의 죄라 하겠소. 하물며 속담에 첫날밤에 신부가 방귀를 뀌면 복증이라 하는데, 이제 계집종이 방귀를 뀌었으니 근들 어찌 나쁘다 하리요."
하니 그의 처는 손뼉치며 웃으면서,
　"기실은 그년의 방귀가 아니라 제 방귀라오. 우리 딸은 복도 많다, 복도 많지."

모로쇠전

거시기라는 마을에 모로쇠란 사람이 있었다. 그는 볼 수는 없으나 땅에 떨어진 개털도 찾을 수 있고, 들을 수도 없지만 개미가 씨름하는 소리까지 느낄 수가 있다.

코가 막혔으나 쓰고 단맛을 맡을 수가 있고, 말 못하는 벙어리라도 구변이 떨어지는 폭포수와 같더라.

다리를 절지만 아들·딸 9남매를 두었고 집은 낡아빠져 초라하지만 항상 백설아마(白雪鵝馬)를 타고 다녔다. 말색이 숯섬에 먹칠한 것 같은 데다가 언제나 자루도 날도 없는 낫을 띠도 매지 않은 허리에 차고 11월 37일에 산에 들어가 풀을 베니 양지쪽에는 눈이 아홉 자나 쌓였고, 응달에는 풀이 무성하여 키 넘을 정도였다.

드디어 낫을 들어 풀을 베려 하니 삼족사(三足蛇)가 나타나 머리·몸통·꼬리도 없이 보일락 말락 하더니 갑자기 덤벼들어 들고 있던 낫을 물었으니 별안간 낫이 퉁퉁 부어오르더니 이내 뒤웅박만하게 부풀어 올랐다.
 모로쇠는 어쩔 줄을 몰라 마을로 달려 내려오다가 도중에서 여승을 만났는데, 자세히 보니 유두분면(油頭粉面) 곱게 단장하고, 검은 장삼을 걸치고 모로쇠 앞을 지나가는 것이었다.
 모로쇠는 급히 여승 앞에 나아가 낫에 대한 이야기를 하며 고쳐 줄 것을 의논하니, 여승은 몸을 뒤로 제껴 한쪽 손을 허리에 얹고 다른 한 손으로 수염을 쓰다듬으면서 하는 말이,
 "그건 어렵지 않으니 내가 시키는 대로 해 보아라. 말발굽이 닫지 않은 역원이 부엌 아궁이와 불 지핀 일이 없는 굴뚝의 꺼멍과 교수관의 먹다 남은 식은 적과 행수 기생의 더럽힌 일이 없는 음모와 글 읽을 때 고개를 끄덕이지 않는 선비와 허리춤에 이를 잡을 때 입을 삐죽이지 않는 노승과 이 다섯 가지를 한데 넣어서 찧은 약을 낫에 바르면 지체없이 낫느니라."
라고 하였다.
 모로쇠는 그때서야 안심하고 마을로 내려오니 길가에 종이도 바르지 않은 대설기가 있는데, 술을 열 말쯤이나 담아 두고 등자잔으로 마구 떠 마시니 얼마 가지 않아 취해 버렸다.
 또한 위로 쳐다보니 감나무에 석류가 주렁주렁 열려 두 손으로 땅을 집고 방귀를 크게 한 번 뀌니 석류가 순식간에 다 떨어졌다.
 주워 보니 전부 썩어 먹을 수가 없으나 모로쇠는 죄다 주워서 벗 없는 마을에 가서 친구들과 함께 포식을 하였으니 장차 죽으려 해도 죽을 수가 없고 살려 해도 살 수도 없으니 그 결과는 어찌 되었는지 전혀 알 수가 없더라.

속어면순

뇌동, 화를 면하다

 이제 겨우 이마 위에 솜털이 가실까 말까 한 젊은 선비가 동자 하나를 데리고 한 촌가에 하룻밤 묵게 되었는데, 때마침 주인은 외출하고 부인 혼자 집을 지키고 있었는데, 그 자색이 곱기 그지없고, 또한 그의 옷 입은 몸매가 아름다워 젊은 선비는 객회(客懷)를 이기지 못하여 한 번 그 고운 여인의 뜻을 떠볼 양으로 낮은 목소리로 희롱하여 이르기를,
 "조단아, 조단아!"
하고 불러 보았다. 대체 조(燥)는 양물의 속명이요, 단아(段阿)는 여수(與授)한다는 방언이니, 대개 그 뜻은 그대에게 양물을 드린다 하는 희롱이라. 여인이 발연히 노발하여 그 지아비의 일가들에게 고발하여 가로되,
 "지금 우리 집에 와 있는 손이 나를 음사(婬辭)로써 희롱하니 가서 설문해 달라."
하니, 친척들이 분함을 참지 못하여 장차 그 나그네를 구타하고

자 하여, 각각 막대기를 들고 문 밖에 모여 떠들매,

"어떤 놈의 나그네가 촌가의 젊은 부인을 욕하였느냐? 내 마땅히 큰 막대기로 쫓아 버리리라."

하거늘, 나그네는 깊은 방에 앉아 이를 알지 못하였으나, 동자 아이가 이를 보고 두려워 황급히 그 주인에게 고하기를,

"우리 주인께서 젊은 부인을 향하여 무엇이라 놀리셨는지, 이제 화를 예측할 수 없으니 어찌하리이까?"

주인이 놀라 그 희롱하였던 말을 고백하니,

"말씀이 그처럼 패악하셨으니 욕을 보심이 의당하리다. 그러나 이제 주인께서 저를 조단이라 부르시면 제가 마땅히 응하리이다."

주인이 인하여 동자를 보고,

"말은 배불리 먹였느냐?"

"네에……."

하고 대답하는데, 화를 면하는 계책이 반드시 여기 있다고 생각하고는, 동자를 향하여 주인이 그 말대로 빨리 부르기를,

"조단아, 조단아."

하니 동자가 이에 따라서,

"네에…… 네에……."

하고 대답하니, 주인이 또,

"말안장을 잘 손질하였느냐?"

"네에……."

한즉 문 밖에 모여 섰던 숱한 사람들이 듣고 서로 쳐다보며 웃으면서 하는 말이,

"이상하도다, 동자의 이름이여!"

하고 또 다른 사람이,
 "하마터면 젊은 부인의 망령된 말만 듣고 양반께 욕이 미칠 뻔하였구나."
하면서 마침내 흩어져 가더라.

나라를 위하여 현량을 만들다

　선탄이란 스님이 있어, 그는 문사(文詞)에 능할 뿐 아니라 골계(滑稽)에도 능숙하여 세상에 그 이름을 떨쳤으나 항상 운수방랑(雲水放浪)에 계율을 지키지 아니하였다. 그때 관서에 기생이 있어 아름다울 뿐 아니라 시문을 잘하여 이에 선탄이 그 기생을 찾아가 더불어 작시수창(作詩酬唱)하는데, 기생이 먼저 을일불(乙一不) 석 자를 호운(呼韻)하니 선탄이 문득 응하여 낙운성시(落韻成詩)로,

　　각시의 아름다움 참으로 고운 것을,
　　정 많은 교태가 내 마음에 드네.
　　만약 이 여인을 어두운 곳에서 만난다면,
　　쇠 같은 간장인들 어찌 안 녹으리.

하고 낙운성시로 훌륭한 작품을 읊었으므로, 기생은 시를 보고

웃으면서,

"중이 능히 여인을 어거할 수 있겠나뇨?"

"하지 않을망정 어찌 능히 못하리요. 옛적에 아난존자는 여래의 대제자인데도 마등가란 여인과 통하니 아란은 중이 아니며 마등가는 여인이 아니란 말이냐."

하고 선탄이 말하니,

"스님께서도 음사(陰事)의 재미를 아세요?"

"그대는 내 진미를 아직 모르는도다. 선가(禪家)에 극락 세계가 있음을……. 내가 마땅히 그대의 옷을 벗기고 그대의 엉덩이를 친 다음, 그대의 양다리를 끼고 그대의 음호(陰戶)를 꿰뚫으면 극락 재미가 그 가운데 있는 것이니, 이것이 이른바 극락 세계라고 하느니라. 그때를 당해 봐야 그대가 반드시 내 참됨을 알아주리라."

하고 말하니, 기생이 그 말을 듣고 마음이 움직여 침을 흘리며,

"요 얄미운 독두(禿頭)여! 알았소이다."

"그대는 다못 내 웃 독두만 알았지. 아랫 독두는 알지 못하였도다. 이제 그 아랫 독두로써 그대를 위하여 시험해 보리라."

하며 곧 끌어안고 일을 시작하니, 기생이 하도 좋아 소리는 짧으며, 숨결은 급하여 목구멍 속으로 겨우 나오는 말이,

"스님께서는 나를 속였도다. 스님께서 활인(活人)으로 위주(爲主)하시면서 나로 하여금 죽음에 이르게 하니, 이는 무슨 연고뇨?"

"불법이 신통하여 환도인생하니, 이로써 능히 사람으로 하여금 죽게도 하고 또한 사람으로 하여금 살게도 하느니라."

하고 소곤거리는데, 그 말이 끝나기 전에 어떤 사람이 그 하는

일을 엿보고 문을 열며,

"스님께서는 지금 무슨 일을 하시느뇨?"

선탄이 졸지에 응해 가로되,

"나라를 위하여 지금 현량(賢良)을 만들고 있는 중이라."

하고 대답하니, 이를 전해 듣는 자가 모두 비웃었다고 한다.

음탕한 첩과 어리석은 하인

　많은 하인을 부리고 있는 한 부자집 사나이가 그 첩을 친정에 보내게 되었다. 마음이 불안하여 종놈 하나를 따라 보내려고 어리석은 한 종놈을 불러, 음양을 모르는 줄 알고 묻기를,
　"네가 옥문을 아느냐?"
하니, 종놈의 대답이,
　"모르겠습니다."
　그때 마침 모기 한 마리가 날아들거늘 종놈이 모기를 가리키며,
　"저게 그 옥문입지요."
하니, 주인이 만족하여 첩의 호행(護行)을 맡게 하였는데, 한참을 가다가 시냇물을 건너게 되었다. 첩이 종과 더불어 속옷까지 벗고 물을 건너가는데, 종놈이 양다리 밑의 불그죽죽한 옥문을 가리켜,
　"저게 대체 무슨 물건이오니까?"

"응, 이것 말이야, 이것은 네 주인의 양두가 들어가 갇히는 감옥이니라."

하니, 종이 그의 양두에다 신발을 걸어두고 신발을 찾는 체하니 첩이 그 양두를 가리키며,

"신이 그 대가리 위에 있느니라."

하고 말하니,

"이놈이 흉악한 신도둑놈이올시다그려."

하면서,

"마님, 원컨대 이놈을 가두어 둘 그 옥을 빌려 주십시오."

하니 첩이 생글생글 웃으며,

"그거야 하지 못하랴. 옥이 비어 있는 터에."

둘이 합환(合歡)하였음은 두말할 것도 없다.

처녀, 먼저 익히다

　얼굴이 곱고 몸매가 아름다운 한 처녀가 있었다. 그러나 그 성품은 단정하지 못하였다. 나이 열너댓 살이 되자 부모가 길한 곳을 택하여 정혼하게 되었다. 그런 어느 날 저녁 무렵, 처녀는 이웃집에 무슨 볼일이 있어 들렸다가 그 집 총각에게 몇 마디 말을 물었다. 이 때 그 총각이 짐짓 처녀에게,
　"그대가 시집갈 날도 이제 멀지 않았도다. 그대가 만약 먼저 익혀 두지 않으면 졸지에 신랑을 만나 어떻게 하리요. 어려움이 이제 닥쳐오리다."
하고 꾸며 말하니 처녀가 듣고 두려워하며,
　"그대는 그 어려움만 말하지 말고 행여 나를 위하여 한 번 가르쳐 줌이 어떠하뇨?"
　총각이,
　"그거야 쉬운 일이지."
하고 그 처녀의 손을 잡고 토실(土室)에 들어가 간통하였다. 간

통하면서 가로되,

"여인이 여섯 가지 즐거움(六喜)을 갖추면 바야흐로 가히 조환(助歡)이 될 것이요, 뿐만 아니라 여자의 행복과 불행이 다 이로 말미암은 바로다."

한즉 처녀 가로되,

"어떤 것이 육희더뇨?"

하고 물으니 총각이,

"일착(一窄)·이온(二溫)·삼치(三齒)·사요본(四搖本)·오감창(五甘唱)·육속필(六速筆)이니, 이는 이른바 남자의 육희라. 그대의 모자라는 바는 요본과 감창이로다."

하니 처녀가,

"내가 나이 어려 여태 잘 모르니, 원컨대 모조리 가르쳐 달라."

하고 청하니,

"그것은 가히 말로써 전할 수 없고, 다시 행음(行淫)을 해 보아야 할 것이리라."

라고 하였다. 이로부터 결혼을 앞둔 처녀와 이웃집 총각은 저녁마다 만나지 않은 날이 없고 나날이 그 기술이 진보되었다. 그러던 어느 날 처녀는 출가하게 되었다. 첫날밤 동방화촉에 새 낭군과 일이 시작되었는데, 신부는 갖은 기술을 다하여 요본할 뿐 아니라 자기 마음대로 흥분하여 감창하였다. 신랑이 이미 색시가 출가 전에 겪은 것을 알고,

"어느 놈과 간통하였느냐?"

하고 다그쳐 물으니, 일부러 울먹이면서 대답하지 않거늘, 신랑이 크게 화가 나서 색시를 걷어차면서 이르기를,

"요본과 감창이 이미 잘 어울리니 어찌 처녀라 하랴."
하고는 색시를 문 밖으로 내쳤다. 쫓겨나온 딸을 보고 그 어머니가 문책하였더니 색시는 하는 수 없이 죄다 털어놓았다.
"뒷집 김서방이 내게 먼저 익혀 가지고 출가하라 하였소."
한즉 그 어머니가,
"이 못난 년아, 신랑이 김서방이 아닌 바에야 네가 그 전에 익힌 바를 어찌하여 다시 썼느냐?"
"아니 한창 신바람이 났는데 그걸 김서방으로 알았지 누가 새신랑으로 알았겠소."
하고 울먹이며 대답하더라.

배앓이의 특효약

시골 어느 마을에 한 부인이 그의 머슴의 음경이 장대함을 알고 남몰래 그리는 마음 간절하였으나 기회를 얻지 못하고 있었다. 하루는 남편이 출타한 틈을 타서 한 꾀를 썼다. 부인은 갑자기 아랫배를 움켜쥐고 죽는다고 고함을 질렀다. 머슴이 부인의 속셈을 알아채고,

"어딘가 편찮으시기에 이렇게도 신음하십니까?"

"내 배는 냉배라 한번 아프기 시작하면 이와 같이 몹시 아프단다. 아이고, 배야."

"제가 알기로는 더운 배로 문지르면 즉차한다 하옵니다."

"아이 애비가 출타하였으니 어느 배로 문지르겠나. 아픔이 심하여 죽을지언정 어찌 네 배로 문질러 나음을 바라겠나."

"마나님이 시키시면 어찌 그 명을 어기겠습니까? 남녀 사이에는 언제나 의심이 있어 내외는 불가불 가려야겠으니 나뭇잎으로 음호(陰戶)를 가리고 문지르면 됩니다."

하니 계집은 그제야 응하는 체하였다. 즉시 나뭇잎으로 그곳을 가리고 머슴으로 하여 그 배를 맞붙여 문지르게 하니 부지불식 중 머슴의 凸이 이미 凹 중에 들어가 버렸다. 계집이,

"나뭇잎이 어디 갔소? 머슴의 凸이 갑자기 내 문에 들어갔구려."

"내 凸이 본시부터 굳세어 나뭇잎쯤 뚫는 것은 강노(强弩)로 노고(魯稿)를 쏘는 것과 같이 아무것도 아니랍니다."

"배로 문지르는 것이 과연 좋기는 좋아요. 아픈 것이 씻은 듯이 사라져요."

하면서 숨소리는 차츰 거칠어져 갔다.

관부인전

　관부인이 아버지는 영음후를 지냈고, 어머니는 음려화(陰麗華)라, 나기는 기산의 양지였고, 적(籍)은 옥문이었다. 특히 어릴 때부터 자색이 아름답거니와 홍안 적색 성질도 매우 온순하였다. 대력 원년에 다행히도 관부인으로 봉하매 그것은 전부가 그의 내조의 공이 크기 때문이다. 부인은 언제나 말이 적은 편이어서 항상 입은 다물어져 있고, 또한 비구니를 좋아하여 월삭(月朔)이 되면 반드시 흰옷을 입고 불경을 열심히 외워서 음이 성나도록 빌었다. 그때 이웃 성(城)에 한 장군이 있었으니 성은 주요, 이름은 맹이라. 그는 독실한 불교 신자로서 언제나 녹림(綠林) 중에 숨어 살면서, 머리는 대머리였고 목은 굵고 기운이 장하였다. 그러나 눈은 애꾸눈이라, 자못 계극용을 닮았으니 천하의 역사였다. 일찍이 장군은 닭의 벼슬성 붉은 성중에 조그만 못이 하나 있었다. 그 물이 따뜻하고 백병(百病)이 낫는다는 소문을 듣고 그 못을 맡고 있는 관부인에게 편지를 써 보내기를,

'불초 주맹은 머리 조아려 절하고 말씀드리오니, 한쪽 눈이 밝지 못하나 향기로운 이름을 들어온 지 오래인지라 몸에 가려움증이 있어 그 못에 들어가 목욕 한 번 하기를 원하옵나니 만일에 온탕을 허락하시어 효험을 얻는다 하면 부인의 청을 달게 받들겠사오며 아들딸 많이 두심을 비나이다.'
라고 하자 관부인이 답하기를,

 '누추한 못이 비록 움퍽지고 습하나 일찍이 나라에서 첩으로 하여금 주관하게 하시고 또한 칙유(勅諭)하시기를 못 물을 흐리게 하지 말라 하셨으니, 비록 장군의 청이라 하나 따르기가 어렵사옵니다.'

 장군은 이 편지를 본 후에 노기가 등등하여 당장 일어나 낭주 두 태수를 불러 대령시켜 놓고,

 "너희들은 내 관아에 있으니 모름지기 몸과 마음을 한데 뭉쳐 이 성을 함락시킬지어다."

 일장 훈계를 하고는 야음을 틈타 양각봉으로 하여 음릉천을 둘러 벽문을 뚫고 들어가 수전(水戰)으로 시작하니, 관부인은 크게 놀라 임금에게 상소하여 이르기를,

 "신이 긴요한 땅에 오래 살면서 오로지 도용(陶鎔)의 책임을 맡아서 천자 제후 양상 명장이 모두 신의 공에 의한 바이온대, 어찌 그 공이 적다 하리요. 이제 주장군이 몹시 사납게 욕심을 부리고 비력이 과인하여 갑자기 쳐들어오니 이는 실로 눈앞의 대환이라 전후 일을 잘 살피시어 신을 도와 주옵소서."

 천군이 다 보시고 크게 노하시고는 하명하시기를,

 "제중서는 산마루에 있으면서 멀리 바라보고 적의 동정을 살피라. 황문랑은 입에 비록 내음이 나지만 본디부터 취라를 잘

부니, 적이 만일 지경을 침범하거든 취라를 불어 아뢰라. 모참군은 우림위를 거느리고 적이 관문을 침범하거든 검은 노를 써서 적의 목을 묶어 오라. 현은 방위를 잘하라. 적이 만일 성벽을 뚫고 들어오거든 마음을 합하여 이를 잡아서 도망가지 못하도록 하라. 갑은 어사를 하이니 망치와 도끼를 써서 적과 싸워 그 대가리를 쳐부수거라."

이와 같이 각기 분담을 시켜 지키게 하니 관부인이 입을 열어 혀를 날름거리면서 청사하여 마지않으면서 삽혈 동맹(歃血同盟)을 맺고 힘껏 지킬 것을 약속하였더니, 갑자기 장군이 노기가 대발하여 투구도 집어던지고 몸을 날려 관문을 부수고 세 번이나 들락날락하면서, 한결같이 옥장지술(玉帳之術)에 의하여 좌충우돌하고, 용도지법(龍蹈之法)에 맞추어 종횡으로 문짝을 치니 나아가는데 적이 없더라. 관부인의 나라 밑이 흔들리매 그 세력을 지탱하지 못하고 백수진인(白水眞人)에게 구원을 청하였다. 진인은,

"장군은 성질이 불 같아서 나오는 것도 날카로우나 물러가는 것 또한 빠르니, 크게 걱정할 것 없이 에워싸서 물질을 하여 그 기를 꺾어라."

하니 부인이 그 말을 옳게 여기고 시키는 대로 물을 부어 정신을 차리지 못하도록 하니, 장군이 물에 흠뻑 빠져서도 죽을힘을 다하여 내지(內地)를 유린하더니, 마침내 피로하여 피를 토하고 창을 던지며 물러갔다.

부인은 분함을 이기지 못하여 입가에 거품을 일으키며 여러 장수들을 향하여 꾸짖기를,

"여러분과 함께 군명을 받잡고 주장군의 대가리를 무찔러 천

군에 보답할까 하였더니, 장군을 놓치고 만 그 허물은 여러분에게 있소."
하고는 그 상황을 낱낱이 적어서 천군에게 아뢰니, 천군은 즉시 제중서를 불렀다. 제중서가 이르기를,
 "신이 봉두에 잠복하여 주야로 장군의 동병을 바라보고 살피다가 봉화를 올리려고 한즉, 갑자기 이불 바람이 불어 꺼진 바 되었으니, 이로 인하여 봉화를 올리지 못하였나이다."
 황문랑이 이어서 아뢰기를,
 "신이 매양 염려하여 때때로 포를 놓아 엄하게 경비하여 장군이 관문 가까이 올 때를 기다리더니, 장군이 먼저 생가죽 자루에다가 큰 바위 두 개를 넣어서 신의 뺨을 사정없이 연신 치니 부득이 수족을 쓰지 못하여 취라를 불지 못하였나이다."
 모참군이 나와서 아뢰기를,
 "신이 우림을 정재하여 노즐을 가지고 기다렸으나 장군의 용력이 절륜하고 진퇴가 귀신 같으니 신의 느린 힘으로 도저히 묶지 못하였나이다. 절대로 신이 힘쓰지 않음이 아니옵니다."
 현 방어가 또한 나아가서,
 "신 등이 북문의 견고함을 믿고 맡겨 순치가 상의에 좌우공현하더니, 장군이 북문에 달려들자마자 곧 안문에 달려들어 좌충우돌 번개같이 나타나서 귀신같이 사라지니, 온몸이 땀이라 미끄러워 잡지 못하였으니 신이 부족한 재질로써 잡기는 어려웠사옵니다. 어명을 받들지 않은 것이 아니옵니다."
 갑 어사가 주관을 머리에 쓰고 오똑 홀로 앉아 자못 뽐내는 낯으로 아뢰기를,
 "장군이 깊이 들어가 싸우는 것을 보고 주해고사(朱亥故事)를

생각하여 그 술법을 써서 장군의 뒤통수를 치니 골수를 흘리며 관문 밖으로 나와 자빠졌으므로 오늘의 공은 신이 남에게 사양할 바 못 되는 것으로 아뢰오."

임금은 매우 기뻐하며,

"경의 공은 과연 큰지고."

하며 즉시 알자복야(謁者僕射)를 하이고 항상 부인 막중에 있게 하니 부인은 또한 그 오똑하고 곧음을 사랑하여 모든 안일을 다 맡기더니 노경에 이르러 하루는 부인을 뵈온즉 부인은 손으로 그의 머리를 어루만지며,

"아깝구나, 알자가 벌써 늙었구나. 지난날의 악단이 푸르스름하게 변하였고 젊었을 때 그 뾰족하던 것이 이렇게 길게 펑퍼져 버렸구나. 그대와 더불어 기를 먹고 부귀를 누린 자가 어찌 오래리오."

하니 알자 아뢰기를,

"신이 안에 있어 일은 많고 해를 거듭하여 성공한 오늘날 오래 머무름이 마땅하지 않나이다."

하고는 드디어 붉은 언덕이 있는 골짜기로 물러가 살다가 죽으니 마침내 여국(女國)에서는 홀로 살고 시집가지 않으므로 항상 여손(女孫)으로 하여금 제사를 모시도록 하였다.

태평한 화

밤마다 담장을 넘는 아들

성주에 한 선비가 살고 있었는데, 그 선비의 아들이 혼례를 치른 뒤에 아내를 몹시 사랑하여 학업을 전폐하다시피 하였다. 그의 아버지가 아들을 불러 타이르기를,

"젊은 때에는 여색을 경계하여야 하느니라. 남녀 사이란 아무리 정이 깊다 해도 한계가 있어야만 가도(家道)를 이룩할 수 있을 것이다. 너는 마땅히 서울에 유학하여 부귀공명을 도모해야 되지 않겠느냐."

하는 것이다.

그는 떠났지만 서울에는 가지 않고 그 이웃집에 머물러 있으면서 밤마다 담장을 뛰어넘어 가만히 그 아내와 만나곤 하였다. 이를 안 유모가 그의 아버지에게 고하기를,

"집안에 매우 이상한 일이 생겼소이다. 작은 사랑에서 서울로 떠난 뒤에 신부가 바깥 사람과 통정(通情)하여 밤이 되면 남몰래 자취를 감추어 출입하니, 버릇을 고쳐야 하겠습니다."

하니 아버지는,

"아무런 실증(實證)이 없는데 어찌 그럴 수 있느냐."

하고 난색을 보였다. 어느 날 유모는 그들의 현장을 잡아 크게 외치기를,

"사내가 방금 담장을 넘는군요."

하고 소리치자 아버지는 커다란 몽둥이를 들고 고함치기를,

"어떤 놈이 감히 이런 고얀 짓을 저지른단 말이냐. 이 자리에서 썩 몽둥이를 받아라. 내 당장 때려죽이고 말 테다."

하고는 다시 자세히 살펴보니, 곧 다른 사람이 아닌 자기의 아들이 아닌가. 그는 아들을 붙들고 통곡하면서 이르기를,

"우리 아들을 거의 죽일 뻔하였구나. 내가 들으니 옛날에 '달가운 술을 마신 자는 많으나 취하지 않고, 그 아내를 사랑하는 자는 가까이한다 해도 상처가 없다'는 말이 있다. 이제부터는 너를 다시 나무라지 않을 테니 네 마음대로 하려무나."

하고 말끝을 맺었다.

신랑이 된 아전

　얼굴이 매우 잘 생긴, 아전 출신인 주라고 하는 사람이 있었다.
　그가 근친 길로 시골에 가는 도중에 한 시골집에 투숙하게 되었다.
　때마침 주인 집에서 딸의 혼례를 치르는 잔치가 벌어지고 있었다.
　그는 남은 음식을 먹을 수 있을까 하는 마음으로 옷을 갈아 입고 문 밖에 서성거렸다. 주는 손님들 사이에 섞여서 주식을 같이하였다. 그러는 사이에 밤은 깊었다. 뭇 손님이 모두 흩어지고 신랑은 술에 취해서 볏가리 사이에 소변을 보러 갔다가 그만 그곳에 쓰러져 잠이 들었다.
　주는 혼자 내빈석에 앉아 있었다. 주인 집에서는 그가 신랑인 줄 잘못 알고는 초를 잡은 자는 휘장을 걷고 예(禮)를 맡은 자는 앞을 인도하였다. 주가 곧 신방으로 들자 신부가 뒤를 따라 들어갔다.
 촛불이 꺼졌다.
 둘이는 밤새도록 흐뭇하게 즐겼다. 새벽이 되자 바깥에 있던 진짜 신랑은 술이 가까스로 깨어 집으로 들어오려고 하였으나, 문은 굳게 잠겼고 온 주위는 물을 끼얹은 듯하였다.
 그는 문을 두드리면서,
 "내가 신랑이요, 내가 신랑이오."
하고 고함을 쳤으나 안에서는,
 "신랑은 이미 예를 치루었는데 어떤 미친 자가 감히 떠들어 대는 거냐."
하고는 더이상 상대를 하지 않았다. 그는 크게 분개하여 옆에 있던 이에게,
 "우리 부부의 혼례 허사가 되었구나."
하고 크게 한탄하였다. 그때야 비로소 그 집 안팎이 부산해지면서 바깥에서 고함치는 사람이 진짜 신랑임을 깨달았다. 주인은 창황히 주에게 대들며,
 "너는 도대체 웬 녀석이냐?"
하고 고함치자 주는,
 "하룻밤 묵어 가려는 손님이오."
하고 대답하자 주인은,
 "무슨 까닭으로 우리 가문을 어지럽히는가?"
하고 따지자 그는,
 "예 맡은 이가 나를 인도하기에 그 뒤를 따라간 것뿐입니다."
하고 대꾸하였다. 주인은 어떻게 할 수 없어 주를 쫓아 버리고 신랑을 맞아들이려 하였다. 주는 조용히 의관을 차리고 뜨락 밑

에서 절을 하면서 하는 말이,

"단 한 마디 말씀만 드리고 나가려 합니다. 제가 들은 바에 의하면 여자의 도리는 하룻밤을 한 남자와 같이하였다면 일평생을 같이 살아야 하는 것입니다. 만일 한번 절조(節操)를 잃었다면 다른 남자는 그 여자의 남편이 되는 것을 부끄러워하고, 온 고을이 그의 이름을 부르기 창피하게 생각하는 것이랍니다. 사리가 이러하니 여자의 부모된 이라면 딸의 절개가 이지러진 것을 좋아하겠습니까? 이제 어른의 따님으로 말씀하면 제게로 돌아오면 완전한 여자가 되는 반면 제게서 떠나간다면 실절(失節)한 지어미가 될 것이 아닙니까. 이제 조그마한 분개를 가라앉히지 못하여 대사를 그르치는 것이 옳다고 생각되지 않습니다. 저 역시 아름다운 짝이 없는 처지이니 사위의 예를 지키는 데 있어 남에게 뒤지지 않으려 맹세하오니, 어른께서는 깊이 생각하시기 바랍니다."

하고 간청하였다. 주인은 거듭 애석한 표정을 짓다가 이윽고 이르기를,

"내가 이미 교묘한 술책에 빠졌으니 다시 어떻게 하리요."

하고는 구생(舅甥)의 의를 정하였다. 그 뒤 주는 문호를 열어 자손이 번영하였다.

종이 위의 헛된 이름

　성균관은 하나의 자그마한 조정이라고 할 수 있다.
　봄과 가을에 두 차례 석수(釋奠)에 제생이 모두 모여 모의 조정을 열었다. 그들은 대궐 자를 써서 존호를 삼고 문무백관을 두되, 제각기 그의 재능에 따라 벼슬을 내리기로 하였다.
　그중에 진사 최탁이 국자삼공이 되었다. 그의 성격은 쾌활하였다. 그는 그날 길에서 이조좌랑 이휘를 만나서,
　"그대는 진짜 이조좌랑이지만 나는 가짜 정승을 지냈으니, 이는 종이 위에 쓴 이름만 비슷할 뿐, 내가 그대에게 무슨 두려움을 주겠나."
하고 농을 걸었다. 최탁의 말은 비록 한때의 농담이기는 하지만 역시 장주가 의도한 뜻이 포함되어 있는 것이다. 그 뒤 최탁은 과거도 하지 못한 채 죽었고 이휘는 극형을 받게 되었다.
　사람들은 그의 '종이 위의 헛된 이름'이란 말이 명확한 지론이라 일컬었다.

한 번은 좋되 두 번은 아니 되오

  문사(文士)로 이름난 이(李)가 함길도의 평사가 되어 부임하게 되었다. 그러나 때마침 술에 취하여 재상에 실의를 하였으므로 추방당하고 권평사가 대행하여 임소에 이른 지 사흘 만에 이시애의 난리에 목숨을 잃었다. 그 동네 사람들은,
  "그대의 주정 때문에 덕을 보았구려. 만일 그때 술이 아니었더라면 그대도 위태로웠을 것을……."
하고 축하하였다. 이 말을 들은 복전 권개는,
  "그런 행위는 한 번이나 할 일이지 두 번 다시 해서는 안 되는 거야. 옛날 어떤 귀족 집 부인이 등창이 나서 위태한 경지에 이르자 의원을 청하여 진찰하였더니 의원이 침을 놓게 되었네. 그녀는 놀라서 별안간 방귀를 뀌고는 부끄러움을 이기지 못하기에 의원이 위로하기를 '이것이 약방문에 이르기를 아름답다고 하였지요' 하자 그녀는 조금 부끄러움이 놓였네. 의원이 두 번째 침을 꽂았더니 그녀는 잇달아 방귀를 뀌는 것이 아닌가.

의원이 웃으면서 '약방문에 한 번은 좋지만 두 번 세 번은 아름답지 못하다 하였소이다' 하자 그녀는 더욱 크게 부끄러워하였으니 이제 그대의 주정이 그녀의 방귀와 똑같이 한 번은 좋지만 두 번은 불가할 것이야."
하자 자리에 가득 앉았던 빈객들은 모두 배꼽을 쥔 채 포복절도 하였다.

이몽이 아니군

　선비 집 아들 이몽이 일찍이 어린 기생 금강선을 매우 사랑하였다. 금강선은 재주와 예도가 일세에 으뜸이었으므로 후문거족과 부귀의 잔치 자리에 불려 가지 않은 곳이 없었다. 이것을 항상 못마땅하게 생각하던 이몽은 몹시 질투심이 일어났다. 금강선은 그런 눈치를 알고는 이몽에게 가만히 속삭였다.
　"만일 당신이 나를 믿지 못하겠거든 한번 친히 와서 보십시오."
　그런 뒤 어느 날 금강선이 낭관들의 모임에 들어갔다. 이몽은 노복의 의관을 갖추고 몰래 노복 중에 섞여서 잔치 자리에 들어갔다. 그런데 낭관 중에 김이라는 자가 평소에 이몽을 잘 알았기 때문에 이몽을 알아보고는,
　"저 자가 이몽이 아닌가."
하고 묻자 금강선은,
　"그 사람은 저의 집 종 몽총입니다."

하고 급히 그의 이름을 불러 남은 음식을 주는 것이 아닌가. 이몽은 거짓으로 한편 눈을 감고 애꾸로 가장하여 앞으로 걸어 나가 천연스럽게 음식을 받는데, 그 행동이 조금도 부자연하지 않았다. 김은 그 모양을 보고 다음과 같이 말을 남겼다.

"처음에는 저 사람을 이몽인 줄만 알았네그려. 천지간에 사람의 얼굴이 이처럼 같을 수가 있단 말인가. 다른 점이 있다면 저 사람은 외눈일 뿐이야."

네 이빨을 찾아가렴

경주에 관기 하나가 있었는데, 얼굴이 몹시 예뻤다. 서울 사는 한 청년이 그녀를 유달리 사랑하였다. 그녀는 청년에게 거짓말하며 더욱 사랑을 돋우었다.

"저는 본래 양반집 딸로서 관기가 된 지 얼마 되지 않으므로 아직 남자를 겪은 일이 없사옵니다."

청년은 이 말에 더욱 매혹을 느꼈다. 그녀는 헤어질 때는 언제나 울음을 터뜨리는 것이 상례였다. 청년은 행색을 털어 돈을 주었으나 그녀는 다 사절하면서 다른 것을 청하였다.

"당신의 몸에 붙은 그 무엇을 얻기가 소원입니다. 이 따위 돈이나 물건은 원하지 않사옵니다."

청년은 곧 그의 양모를 뽑아서 그녀에게 주었으나,

"이것도 귀중하지만 몸 바깥에 붙은 것이니 그보다 더 절실한 것을 얻고자 하옵니다."

하고 말하니, 청년은 곧 이빨을 뽑아 주었다. 그는 서울로 돌아왔으나 마음이 홀홀하여 기쁘지 못하였다. 그럴 즈음 시골 사람이 찾아왔기에 그녀의 소식을 슬며시 물었더니 그녀는 그와 작별한 뒤에 곧 다른 사내의 품속으로 옮겼다고 일러 주었다. 청년은 노하여 경주로 내려보내 기생에게서 이빨을 찾아 올리게 하였다. 그녀는 손뼉을 치면서 깔깔대며 종에게 베주머니 하나를 던져 주는 것이 아닌가.

"어리석은 양반아, 백정에게 도살하지 말라 하고 몸 파는 기생에게 예법을 찾는다는 것이야말로 바보가 아니라면 망령된 짓이 아니겠어. 원한다면 네 집주인의 이빨을 찾아가렴."

그 주머니는 그녀가 지금까지 뭇 사내들의 이빨을 모아 놓은 것이었다.

음으로 양을 항거할쏘냐

어떤 고을 원(員)의 아내가 몹시 포악하고 질투심이 강하였다. 그는 어느 날 동헌에 앉아 송사를 처리하던 중 어떤 백성이 하소연하였다.

"제 이웃 사람의 아내가 자기 남편 얼굴에 상처를 냈으니 그 죄를 다스려 주소서."

하자 원은 그 백성의 아내를 불러 꾸지람하였다.

"음(陰)으로 양(陽)을 항거하지 못하는 것과 마찬가지로 아내로서 남편에게 반항할 수 없는 것이거늘 너는 어이하여 그런 짓을 하였단 말인고."

그때 그녀의 남편이 곁에서 변명하기를,

"제 아내가 제 얼굴에 상처를 낸 것이 아니오라, 마침 제 집 싸리문이 자빠져 그렇게 된 것입니다."

한다. 그 말이 겨우 끝나자 원의 아내가 손에 몽둥이를 들고 문을 마구 치면서 소리질렀다.

"야박하기 짝이 없는 이 양반아, 당신이 이 한 고을 어른이 되어 공사를 하려면 도둑에 관한 일이나, 토지에 관한 일, 살인에 관한 일 등등이 허다히 많을 텐데 어찌 이 하찮은 아녀자의 일에 관해서만 용감히 판결을 짓는단 말인가……."

원은 그 고을 사람들을 문 밖으로 휘몰아치면서 다음과 같은 말을 남겼다.

"우리 집 싸리문도 이제 무너질지 모르니 너희는 빨리 돌아가렷다."

순흥의 세 가지 축하

 순흥이란 고을은 매우 작을 뿐 아니라 기생도 추하고 음식은 더욱 초라하기 짝이 없었다. 정승 남지가 감사가 되고, 김문기 선생이 아사가 되고, 장령 최당생이 군수가 되었을 때의 일이다.
 어느 날 감사가 잔치를 열고 손님을 초대하였는데, 관기의 치마빛은 엷게 붉고, 주인 최군수의 코는 유달리 붉었다. 이를 본 아사는,
 "기생 치마빛은 곱지 못하나 주인의 코가 찬란히 붉으니 제일 먼저 축하할 일이오."
하고 농말을 붙였다. 이윽고 주인이 술을 돌리는데, 커다란 사발을 잡는 것이 아닌가. 아사는 또,
 "고을은 비록 작으나 술사발은 몹시 크니 둘째로 축하할 일이오."
하였다. 급기야 국그릇이 소반에 오르자 그는 또,

"밥은 비록 붉지만 장은 몹시 맑구먼. 이것은 셋째로 축하할 일이오."
하고 말을 끝마쳤다.
이로부터 '순흥삼하(順興三賀)'라는 말이 유행되었다.

이런 장난은 좋아하지 마오

어떤 양반이 청년 시절 주색에 상하여 늙어서 허리가 아파서 백약이 아무런 효과가 없었다.

일본 의원 평원해가 처음 우리나라에 왔을 때 의술이 제법 효과가 있었으므로 그 양반 집에서 천금을 주고 맞이하였다. 평원해가 그의 맥을 더듬더니 웃으면서,

"이 증세는 약을 쓸 수도 없거니와 침구 역시 조금도 효과가 없을 것이오. 다만 점혈(點穴)이 이상하니 한 방책이 있으나 존엄하신 분에게 미안할까 합니다."
하는 것이었다. 양반 집 사람들은,

"병이 잘 낫는다면 만사에 명령대로 따르겠소."
하였다. 평원해는 곧 그의 여러 애인들로 하여금 요와 베개를 마루 가운데 늘어놓고 동으로 머리를 두게 하고 주인에게,

"모든 행동을 내 말과 같이 해주십시오."
하고는 주인이 여인들 위에 나체로 엎드리게 하고 등뼈를 흔들

어 굴신(屈伸)하는 시늉을 하게 하였다. 주인은 그의 말과 같이 하였다. 평원해는 한 걸음 물러서면서 이윽고 있다가 다음과 같이 말하였다.
　"이러한 장난을 좋아하지 않으면 병이 저절로 나을 것입니다."

아비 수염은 소의 털

한 양반에게 두 아들이 있었다. 맏아들은 성격이 고지식하고 두름성이 없으며 막내는 간사하기가 짝이 없었으나 그는 막내를 사랑하였다. 그의 수염은 길면서도 붉었다. 그는 어느 날 두 아들에게,

"내 수염이 어째서 붉은지 너희는 알고 있느냐?"

하고 물었을 때 막내가 재빨리 대답하기를,

"아버님 수염은 특히 길어서 늘 술잔에 잠겼는데, 술맛이 몹시 향기로웠으므로 붉게 된 것이옵니다."

하자 맏아들은,

"네 말은 잘못이다. 정말이라면 저 누렁 소의 음모가 모두 붉은 것도 술에 잠겨서 그렇단 말인가. 이는 물건의 각각의 성격이 그런 것이다."

하는 것이다. 아비는 크게 노하여 다음과 같은 말을 남겼다.

"네가 어찌 감히 짐승의 것을 아비의 것에 비한단 말이더

나……."

명엽지해

금실 두터운 부부

 어느 재상의 집에서 사위를 맞이하는 날에 여러 재상이 모여 오니, 옛날 우리나라 풍속에 아들 많이 낳고 금실이 한없이 좋은 사람으로 붉은 촛불을 밝히게 하는 것이 하나의 예라. 사위가 장차 당도하매, 주인 재상이 좌중에 복이 많은 재상을 가리어 장차 촛불을 밝히려고 하였더니, 한 여종이 바삐 나와 제지하여 가로되,
 "바야흐로 촛불을 밝히려는 분은 잠깐만 기다려 주십시오."
하되 때마침 무더운 여름철인데, 한 서생이 얼굴빛이 마르고 누런데 머리에는 누런 개 가죽을 쓰고 귀를 가렸으며 몸에는 감색 도포를 입고 허리에는 하나의 작은 몽둥이를 차고 안으로부터 절룩거리며 걸어나와 초를 잡고 불을 붙이되, 불을 붙이고 난 뒤에는 곧 몸을 돌이켜 안으로 들어가니, 여러 재상들이 괴상히 여겨 주인집의 여종을 불러 물어 가로되,
 "아까 촛불을 켠 자는 답해 누구뇨?"

여종이 나아가 꿇어앉아 답해 가로되,

"이는 주인집의 맏사위올시다. 그분이 이 댁 맏따님과 더불어 한방에 사시는 것이 이제 30여 년에 이르되, 동쪽으로는 홍인문을 나가지 않았고, 서쪽으로는 사현을 넘지 않았으며, 남으로는 한강을 건너지 않았고, 북으로는 장의문을 보지 못하고, 길이 다락 아래 방을 지켜 잠시라도 떨어져 본 일이 없으며, 심지어 월경대에 이르기까지도 친히 스스로 매어드리니, 그 금실의 두터움이 이에 지남이 없을 것이온즉, 정경마님 부인의 뜻이 다 이서방님이 촛불을 켜기를 바랐던 것이올시다."

여러 재상이 웃음을 머금고 서로 돌아다보며 가로되,

"그 사위의 허리에 찬 조그만 몽둥이는 무엇이뇨?"

하니 여비가 가로되,

"소저의 혼당(褌襠)이 만약 더러워지면 낭군께서 반드시 빨래방망이를 풀어 손수 빨래하여 드리는 것입니다."

하니 여러 재상들이 이 말을 듣고 졸도하지 않는 이가 없었다.

긴 이야기로 아내를 취하다

옛날에 긴 고담을 듣기 좋아하는 자가 있어 집안이 심히 부유한데 외딸이 있어 나이가 차매 시집보내게 되었거늘,

"반드시 능히 고담을 오래 하고 길게 하는 자로써 사위를 삼겠다."

하매, 많은 사람들이 그 소문을 듣고 모여들어 시험하니, 다 얘기가 길지 못하여 툇자라, 어떤 간사하고 잘 속이는 놈이 있어 그 집 영감을 속이고자 하여 영감집에 갓 일러 가로되,

"제가 적이 고담을 잘 합니다. 그 하도 길어서 끝이 없는 이야기이니, 영감께서 한번 시험삼아 들어 보시겠습니까?"

영감이 가로되,

"내 본시 이로써 구혼하는지라. 그대가 진실로 능하면 내가 어찌 거짓말을 하랴. 한번 얘기해 보라."

객이 가로되,

"비록 여러 날이 지날지라도 결코 싫어하지 않겠습니까?"

늙은이가 가로되,

"길고 길면 더욱 좋고, 자못 그대의 얘기가 길지 못할까 그것만이 염려로다."

객이 재삼 굳게 약속한 다음 해진 옷을 걷으며 말해 가로되,

옛날에 수많은 되놈들이 말을 타고 쳐올새 100만 정병이 다 능히 이를 적대하지 못하는지라. 이에 조정에서 능히 이를 막을 자를 구하니, 한 모성(毛姓) 가진 대신이 의논해 가로되,

"오늘의 계획은 자성(子姓) 가진 자를 구하여 병정을 삼아야만 능히 이를 막겠습니다."

조정 가운데서 다 가로되,

"그것이 어쩐 연고냐?"

대신이 가로되,

"자성이란 곧 서성(鼠姓)이니 옛날에 황제가 충우를 정벌하매, 여러 마리의 쥐떼가 적진의 활줄을 끊어 적을 멸하여 개선할새, 황제가 그 쥐들의 큰 훈공을 가상하여 상갑(上甲)을 명하고, 고려가 홍건적을 칠 때에 평양의 여러 쥐들이 또한 적진의 활줄을 끊어서 적을 섬멸하여 이기고 돌아오게 한고로, 지금에 이르기까지 사당을 지어 제사를 지내며, 그 사당의 이름을 가로되 '상갑사(上甲祠)'라 한즉, 오늘의 제승(制勝)함이 자성이 아니면 어찌할 수 없는지라, 드디어 쥐 한 마리를 가려 명하여 대장을 삼은 뒤에 이에 격문을 팔도 여러 굴 속에 있는 쥐들에게 알리고, 속히 기약한 날에 일제히 모이라 하니, 기약한 날이 되매 여러 쥐가 함께 모인즉 대장 쥐가 단에 올라 명령을 내려 가로되,

"너희들 여러 선비는 각각 차례로써 점고하여 단상에서 부르

는 물고(勿古)의 소리를 들어라."
하니 뒤에 있는 쥐가 앞에 가는 쥐의 꼬리를 물고 나아가서 여러 쥐가 일제히 응하거늘, 이에 장수 쥐가 드디어 물고 물고 하니 물고 물고의 소리가 입에서 끊어지지 않아 날이 다하고 밤이 지나도 오직 가로되,

"물고 물고 물고……."

라 하고 5, 6일에 이르러도 끊이지 않으니, 늙은이가 이제는 염증이 나서 물어 가로되,

"이제 몇 마리의 쥐가 남았느뇨?"

답해 가로되,

"이제 오는 자는 겨우 한 고을의 쥐의 수니, 한 도(道)를 다 하자면 오히려 멀거늘, 하물며 팔도의 허다한 쥐일까 보오리요."

늙은이가 가로되,

"길도다 길도다, 이는 길도다. 그러나 한낱 말에 지나지 않으니 족히 들을 만하지 못하도다."

객이 가로되,

"끝에 가서 진실로 지극히 기발한 말이 있으나 아직 쥐들이 다 오지 못하였으니 한갓 물고 물고만 하고 있습니다. 물고 물고……."

하고 자꾸 계속하거늘, 늙은이가 이미 그 긴 얘기임을 허락하여,

"이제 그만 그치라."

고 하여 또한 약속을 어기기 어려워 드디어 그 딸로써 아내를 삼게 하였는데, 이따금 그 사위로 하여금 옛날 얘기를 하라고

하면 매양 물고(勿古)로 색책할 뿐이니, 늙은이가 세상을 마칠 때까지 물고의 말을 다하지 못한 것을 말하여, 이에 그 늙은이와 사위를 칭하여, '장담옹(長談翁)과 물고랑(勿古郞)'이라 하였다.

누이도 없는데 웬 곡소리

어떤 바보 원(員) 하나가 있었다. 그가 바야흐로 동헌에 올랐을 때였다. 마침 형리가 그의 앞에 있었다. 별안간 방자놈이 형리에게,

"제 누이가 세상을 방금 떠났답니다."

하여 말미를 얻으려는 것이었다. 그 말을 들은 원은 자기의 누이의 부고(訃告)인 줄 그릇 알고 한바탕 목을 놓아 크게 울었다. 울음을 끝내고는,

"그 병은 어떤 증세였으며, 운명은 며칠날 하였단 말인가?"

하고 묻는 것이었다. 방자는,

"이 부고는 영감께 고하는 것이 아니옵고 형리에게 통고하는 것입니다."

하고 변명하는 것이었다. 원이 그제야 눈물을 거두고 조용히 이르기를,

"다시금 생각해본즉 나는 과연 누이가 없구나."

하는 것이었다. 여러 아전들은 손으로 입을 덮고 가만히 웃었다.

누구의 이빨인지 나도 몰라

 선비 최생의 아버지가 함흥 통판으로 부임할 때, 최생이 따라가게 되었다. 그곳 기생 하나를 사랑하여 침혹의 경지에 빠졌다.
 급기야 그의 아버지가 갈려 오게 되어 최생 역시 기생과 서로 헤어졌다. 기생이 최생의 손목을 잡으면서,
 "한번 하직하면 다시금 만날 기회 없으니 원컨대 도련님의 신변에 가장 중요한 물건 하나를 선사하시어 서로 잊지 않을 징표를 삼는 것이 어떨까요?"
하고는 흐느껴 울었다. 최생은 곧 이빨 하나를 빼서 주고는 길을 떠났다. 중도에 이르러 길가 나무 그늘 밑에서 말을 먹이다가 기생 생각이 나서 바야흐로 눈물을 짓는 순간이었다. 이윽고 한 청년이 그곳에 이르자 눈물을 뿌리며 훌쩍거렸다. 또 한 청년이 그 뒤를 이어 이르자 역시 눈물을 짓는 것이었다. 최생은 마음속으로 괴이히 여겨,

"너희는 무슨 이유로 우는가?"
하고 물었다.
　한 청년이 이르기를,
"저는 곧 서울 재상가의 종입니다. 일찍이 함흥 기생을 사랑한 지 오래더니, 그 기생이 통관의 아들에게 꾀임을 받았을 때도 오히려 옛 정을 잊지 못하여 틈이 나는 대로 만났더니, 지금 감사의 아들이 기생을 사랑하여 감금을 하여 내어보내지 않아서 희망이 끊어져 할 수 없이 돌아왔으므로 우는 것이랍니다."
하고, 또 한 청년은 이르기를,
"저는 그 기생에게 많은 재물을 먹였으므로 틈이 나면 반드시 서로 통하여 두 정이 도타웠습니다. 이제 통관 집 도령은 이미 서울로 돌아갔으므로 제가 독점하여 멋대로 즐기려 하였던 것이 어찌 감사의 아들이 또 그를 사랑할 줄이야 알았겠습니다? 그는 깊이 영중에 감금하여 다시금 만나기란 절망적이었으므로 심장이 끊어지는 듯하던 차에 도련님께서 눈물지으시는 것과 저 친구의 울음을 보고는 저절로 슬픈 느낌이 들어서 눈물이 어리는 줄을 깨닫지 못하였답니다."
하는 것이었다. 최생은 그 기생의 이름이 무엇이더냐고 물었을 제, 둘이 대답이 일치하게도 자기와 교제하던 기생이었다.
　최생은 아연히 놀라는 표정으로,
"원통하구려. 그 천물은 관심 둘 것이 되지 못하는구려."
하고는 곧 종놈에게 명령하여 그 빼어 주었던 이빨을 도로 찾아오라 하였을 제 기생은,
"바보 자식아, 백정에게 소 잡지 말라 하고 기생에게 예법을 찾다니, 이것은 어리석지 않다면 망령이야."

하고는 곧 베 전대 하나를 내어 뜨락에 던지면서,
"네 상전의 이빨을 어찌 내가 알 수 있어, 네 멋대로 골라 가려무나."
하고 발악하였다.
 종이 다가서서 보니 전대 속에 가득히 찬 이빨이 거의 서너 말 가량이나 되었다. 종은 웃으면서 물러섰다.

난생 처음 거울을 보다

　산골에 살고 있는 어떤 여인이 서울 저자에서 파는 청동경(靑銅鏡)이 보름달처럼 둥글다는 말을 듣고는 늘 한 번 지녀 보기를 원하고 있었으나 기회를 얻지 못한 채 몇 해를 지났다.
　때마침 그 남편이 서울 길을 떠나게 되었다. 때는 바야흐로 보름이었다. 그녀는 거울의 이름을 깜박 잊고 그 남편더러 하는 말이,
　"서울 저자에 저렇게 생긴 물건이 있다 하니 당신이 꼭 사 갖고 돌아와서 내게 선사해 주세요."
하고 달을 가리키는 것이다. 그가 명심하고 서울에 이르자 달은 이미 기울어 반만 남게 되었다. 그는 반달을 쳐다보고 그와 같은 물건을 구하다가 마침 참빗이 그와 같으므로 이것이 곧 아내가 희망하는 물건이 아닌가 하고는 곧 빗을 사 갖고 집으로 돌아오자 달은 또 보름이 되었다.
　그는 빗을 내어 아내에게 주면서 하는 말이,

"서울에 달처럼 생긴 물건은 오직 이것밖에 없다오. 내가 비싼 값을 주고 사왔소그려."
하고 과시하는 것이다. 그러나 그녀는 그 사 갖고 온 것이 자기가 구하던 것이 아니므로 화가 나서 달을 가리키면서 남편을 원망하였다.
"이 물건이 어째서 달과 같단 말이오."
이 말을 들은 그는,
"서울 하늘에 달린 달은 이것과 꼭 같았는데 시골 달은 이와 같지 않으니 참으로 고이한 일이오."
하고는 곧 다시 물건을 구하려고 보름달이 뜰 무렵에 서울에 이르러 밝은 달을 바라보니 그 둥근 것이 거울과 다름이 없기에 곧 거울을 사 갖고 왔으나 거울이란 얼굴을 비추는 것인 줄 알지 못하고 집에 이르러 아내에게 주었다.
그녀가 거울을 열어 보자 그 남편 곁에 어떤 여인 하나가 앉았는 것이 아닌가.
그는 평소에 자기 얼굴이 어떻게 생긴 줄을 모르고 살아 오던 터이므로 제 얼굴이 비쳐 남편의 곁에 앉아 있는 것을 모르고 생각하기를,
'저이가 새 애인을 사 갖고 돌아온 것이 분명해.'
하고 크게 노하여 질투심을 참지 못하였다. 그는 크게 이상히 여겨,
"그럼 내가 한번 보아야지."
하고 곧 거울을 당겨 보자 아내의 곁에 어떤 이상한 사내 하나가 앉아 있었다.
그 역시기 평소에 자기의 얼굴이 어떻게 생겼는지 몰랐기 때

문이다.

 '내가 며칠 집을 비운 그 사이에 다른 간부(姦夫)를 들였구나.'

하고 크게 노하여 부부가 거울을 갖고 관가에 들어가 서로 부정을 고발하였다. 여인이,

 "이 양반이 새 여자를 얻어 들였으니 어쩌면 좋습니까?"

하자 남편은,

 "계집은 그 사이 간부를 얻었답니다."

하여 서로 분운하였다. 이 꼴을 본 그 고을 원은,

 "그 거울을 이리 올리렷다."

하여 거울을 책상 위에서 열어 보았다. 그 원 역시 일찍이 자신의 얼굴을 알지 못하였기 때문에 어떤 사람이 그 의의나 의관이 모두 자기와 비슷한 것을 발견하고는 생각하기를,

 "아이구 신관(新官)이 도읍한 모양이구나."

하고 급히 방자를 불러,

 "교대관이 벌써 오셨으니 빨리 인을 봉하여라."

하고는 곧 동헌을 물러나왔다.

아버지께서 돌아가셨다니 애석한 일

어떤 사람이 장기에 열중하는 버릇이 있어 그 이웃에 가서 장기를 두어 한창 재미를 보는 도중이었다. 별안간 계집종이 와서 고하기를,

"집에 불이 나서 야단났습니다."

하는 것이었다.

그는 느릿느릿한 목소리로 손바닥을 치면서,

"불이 어디에 났단 말인고?"

하곤 장기를 계속하였다 한다.

또 어떤 사람은 몹시 바둑을 즐겼다. 바야흐로 손님과 마주앉아서 한창 바둑을 두고 있는데 남종이 시골로부터 올라와 고하기를,

"큰사랑 영감께서 돌아가셨습니다."

하였으나 그는 태연히 손을 들어 바둑을 계속하면서 하는 말이,

"아버지께서 과연 돌아가셨다니 참으로 애석한 일이로군."

하는 것이었다.
 듣는 자 모두 배꼽을 움켜쥐었다.

그대가 속았도다

서평 한준렴이 일찍이 기묘년 사마시에 장원에 올라 글 이름이 널리 알려졌다. 그는 어느 날 하의 홍유를 만나러 동호 독서당을 찾았다.

하의는 때마침 잠자리에 들었고 다만 학사 신광필이 홀로 앉아 있기에 그는 인사를 드렸다. 신이,

"그대는 무엇을 하고 있나?"

하고 묻자 그는,

"소생은 시골에서 올라온 무인으로서 금위에 근무하고 있습니다. 마침 친구를 찾아 이곳을 지나치다가 당돌히 높으신 자리에 침입하온바 황공하기 짝이 없소이다."

하고 사과를 하니 신은,

"괜찮네, 여기 앉게."

하고는 이내,

"오늘 밤 경치가 심히 아름다우니 풍월을 읊는 것이 어떤가.

그대는 운을 한번 불러 보게."
하는 것이다. 그는,
 "풍월이 무엇인 줄을 모르는 제가 운이 무엇인 줄을 어찌 안단 말씀이오."
하자 신은,
 "사물을 접촉하는 대로 흥취를 문득 느껴 그 풍경을 묘사하는 것을 '풍월'이라 하고, 소리가 서로 같은 글자를 불러 글귀 끝에 다는 것을 일러 '운을 부른다'는 것이야."
하니 한은,
 "일찍부터 학업에 전념하지 않고 다만 활 쏘기만을 익힌 제가 어떻게 글자를 안단 말씀이오."
하고 거듭 사양하였더니 신은,
 "그대가 아는 글자만 불러 보게."
하고 강요하는 것이다.
 그는 할 수 없다는 듯이,
 "저는 무인이므로 변변치 못하나 일찍이 배운 것으로 운자를 살겠소이다."
하고는,
 "향각궁(鄕角弓) 또는 흑각궁(黑角弓)의 궁 자가 어떨지요?"
하였더니 신은,
 "좋아."
하고는 곧,

 독서당 저 기슭에
 활 같은 초생달을

의 한구를 읊고는 또,
 "다음 운자를 계속 불러 주게."
하기에 그는,
 "순풍(順風)이니 역풍(逆風)이니 하는 풍 자가 어떨지요?"
하였더니 신은,
 "아아, 기특하이. 같은 운목일세그려."
하고는 곧,

 술 취한 채 사모 벗고
 메바람이 비꼈네

하고 읊고는 또 다음 글자 부르기를 청한다. 그는 곧,
 "변중(邊中)이니 관중(貫中)이니 하는 중 자가 어떨지요?"
하자 신은,
 "기이하이, 세 글자가 모두 같은 운목이로군. 그대 글자를 모른다면서 한 운통을 부르니 어찌 우연한 일이라고만 할 수 있단 말인고."
하고는 곧 계속하여,

 천리 이 강산을
 피리 한 소리에 보내니
 의심커라 이 내 몸이
 그림 속에 있는 듯이

하여 두 구를 마쳤다. 이윽고 하의가 잠이 깨어 그를 보고,

"그대, 어디서 오는 길인가?"
하고 묻자 신은,
"이 한내금이 운자 부르는 것이 매우 기특하더이다."
하고 전후 사정을 이야기하는 것이다.
하의는,
"그대가 속았네. 이 사람은 내 처남신방 장원 한준렴이야."
하고 크게 웃는 것이다. 이 말을 들은 신은 크게 놀라 한편 그에게 속은 것이 몹시 부끄러워하였다.

버들 그릇의 보답

　금재 이장곤이 연산군 때에 문과 교리로서 연산군의 미움을 입어 체포하려 하매 도망하여 함흥 땅에 들어섰다.
　길에서 목이 몹시 말랐다. 마침 우물가에 물 긷는 처녀를 만나 한 표주박 물을 청하였다. 그녀는 바가지를 들어 물을 뜬 뒤에 버들잎을 훑어 물에 띄워 주는 것이다. 그는 이상히 여겨 그 연유를 물었다. 그녀는,
　"몹시 목이 마를 때 급히 물을 마시면 혹시 탈이 있을까 염려되어 버들잎을 띄워 천천히 마시게 하는 것이옵니다."
하였다. 이장곤은 놀라는 한편 기특히 여겨서,
　"너는 누구 집의 처녀더냐?"
하고 물었더니 그녀는,
　"저는 저 건너 유기장의 집 딸이옵니다."
하고 대답하였다. 이장곤은 곧 그녀를 따라 그 집을 찾아가 그녀에게 장가들어 몸을 의탁하였다.

금재는 애당초 서울에 살던 귀인이니 어찌 버들 그릇을 만드는 일을 알겠는가. 다만 아침저녁 밥만 먹고는 밤낮을 가리지 않고 혼곤히 잠만 잤다. 그의 장인·장모는 크게 노하여,

"우리가 사위를 맞이한 것은 우리 일을 도와 달라는 것인데, 자네는 아침저녁을 축내는 밥주머니에 지나지 않으니 어쩌면 좋은가."

하고는 그 뒤로부터 아침저녁 밥을 반만 주는 것이다. 그의 아내가 가엾게 여겨 매번 솥 밑에 눌어 붙은 눌은밥을 긁어서 가만히 주린 배를 채워 주었다.

이렇게 하여 몇 해를 지냈다. 중종이 반정하자 연산군 때에 득죄한 사람을 모두 적면하매 이장곤에게는 옛 벼슬에 복직시키고 팔도에 명령을 내려 그를 찾았다.

이 소문이 낭자하게 들리자 이장곤의 귀에까지 들어왔다. 그는 그의 장인에게,

"금번 관가에 바칠 버들 그릇을 제가 싣고 가 바치려 합니다."

하였더니 장인은,

"자네 같은 갑수한(渴睡漢)이 동서의 방향도 잘 모르면서 관가 출입을 하다니, 내가 직접 바쳐도 언제나 합격되지 못하였는데 그런 천만부당한 말은 하지도 말게."

하고 노하였다. 그 아내는,

"시험삼아 한번 보내 보시는 것이 어떨까요?"

하고 간청을 하자 장인은 마지못해 허락하였다. 이장곤은 등에 버들 그릇을 지고 줄곧 관가 뜨락으로 들어가 목청을 높여,

"아무 곳에 살고 있는 유기장이 상납차로 와서 기다립니다."

하고 외쳤다. 본관은 애초부터 그와 친분이 두터운 무변이었다. 그의 얼굴을 보고는 크게 놀라 섬돌을 내려와 그의 손을 잡고 자리로 올랐다. 본관은 묻기를,

"공은 어느 곳에 종적을 감추었다가 이런 꼴로 나타나셨는지요. 조정에서 찾은 지 벌써 오래 되었소이다."

하고는 이내 술상과 의관을 갖추어 바치는 것이다. 그는,

"부덕한 사람이 유기장의 집에 몸을 의탁하여 생명을 연장하였더니, 뜻밖에도 다시 저 하늘의 광명한 햇빛을 바라보게 되었네."

하였다. 본관은 급히 순영에 보고하여 곧 역마를 내어 서울 길을 떠나 보내려 한다. 그는,

"유기장의 집에 3년 동안의 주객이 되었으니 정조를 돌보지 않을 수 없네. 또 아울러 조강지처가 있으니 이제 가서 하직을 하고 떠나야 하네. 그대는 명일 아침에 나를 찾아 주게."

하고 곧 유기장이의 집으로 돌아와 말하기를,

"이번 버들 그릇은 무사히 상납하였소이다."

하였더니 장인은,

"이상도 하이. 옛말에 이르기를 '부엉이가 천 년을 늙으면 꿩 한 마리를 잡는다' 하더니 헛된 말이 아니구나. 오늘 저녁밥은 특히 한 숟갈만 더 주어라."

하는 것이다. 그 이튿날 아침 이장곤은 일찍 일어나 뜨락을 깨끗하게 쓸었다. 장인은,

"우리 사위가 어제 그릇을 잘 바치더니 오늘 아침에는 또 뜨락을 소제하는 것을 봐서 오늘은 해가 서편에서 떠오르겠군."

하고 빈정거리는 것이 아닌가. 그는 뜨락에 짚자리를 펴 놓았다.

"무엇하러 자리를 펴는 건가?"
하고 묻자 그는,
"오늘에는 관가 행차가 있을 것이오."
하고 대답하였더니 장인은,
"자네 잠꼬대를 하는 건가. 관가 나리께서 어찌 우리 집에 행차할 리가 있겠는가. 이제 와서 생각하니 어제 버들 그릇을 잘 바친 일도 필시 한길에 버리고는 집에 돌아와서 거짓말을 하였는지도 모르겠군."
하고 쓴웃음을 짓는 것이다. 그의 말이 끝나기 전에 본부의 아전이 채석을 갖고 헐떡이면서 와서 방 가운데에 깔고 이르기를,
"관사님 행차가 방금 당도하오."
하는 것이다. 유기장이 부부는 창황하여 얼굴빛이 질린 채 울타리 사이에 피해 숨었다.
 얼마 안 되어 전도하는 소리가 문 밖에 미치자 본관이 이르러 그에게 인사를 끝낸 뒤에,
"형수씨는 어디에 있으신지요. 상견례를 청하오."
하자 이장곤은 그의 아내를 불러내어 절을 하게 하였다.
 그녀의 의상은 비록 남루하나 얼굴은 몹시 정숙하고 의젓하여 상천가의 여자의 태도가 보이지 않았다. 본관은 말하기를,
"이학사가 궁도에 빠졌을 때 형수씨의 힘으로 이곳에서 지냈으니, 그 장함은 비록 의기충천한 남자라도 이보다 더할 수 없소이다."
하고는 곧 유기장이를 불러 술을 내리고 인사를 차렸다.
 이로부터 이웃 고을 수령들이 끊임없이 와서 보았고, 감사도 막객을 보내어 전갈을 하니, 유기장이의 집 문 밖에 인마가 많

이 모여들고 구경꾼들이 에워쌌다.
 이장곤은 본관에게 이르기를,
 "내 아내가 비록 천한 존재였으나 내 이미 부부의 몸이 되었으니 버릴 수는 없소. 교자 하나를 준비하여 함께 서울로 가게 해주오."
하자 본관은 그의 말대로 해주었다. 그는 서울에 이르러 어전에 사은할 제, 임금이 그에게 떠돌이 생활하던 시말을 묻는다. 그는 그간 경험한 일을 상세히 아뢰었다.
 임금은 두세 차례 감탄하면서,
 "이런 여인은 천첩으로 대우할 수는 없구나."
하고 특히 올려서 후부인을 삼았다.

나팔을 네 차례 불다

주은 김명원이 일찍이 평양 지방을 순행하다가 한 고을에 이르러서 방기(房妓) 하나를 극히 사랑하여 그 이튿날 나팔이 네 차례나 울렸으나 기생을 끼고 누워 일어나지 않는다.
군관이 시간이 늦어 감을 민망히 여겨 문 밖에 꿇어앉아 목소리를 높여,
"나팔을 벌써 네 차례나 불었습니다."
하였더니 주은은 웃으면서,
"야 이 바보놈들아. 네 차례가 아니라 열 번 불어도 내가 떠나고 싶어야 너희들도 떠날 수 있는 것이야."
하는 것이었다. 군관은 입을 다문 채 물러섰다.

털을 나누어 마시다

 호남 어느 절에서 무차대수륙재(無遮大水隆齋)를 지낼 때, 남녀가 모여들어 구경꾼들이 무려 수천 명이나 되었다. 재가 파한 후에 나이 적은 사미승 아이가 도장(道場)을 소제하다가 여인들이 모여 앉아 놀던 곳에서 우연히 여자의 음모 한 오리를 주어 스스로 이르되,
 "오늘 기이한 노화를 얻었도다."
하며 그 털을 들고 기뻐 뛰거늘 여러 스님들이 그것을 빼앗으려고 함께 모여 법석이로되, 사미승 아이가 굳게 잡고 놓지 않으며,
 "내 눈이 묵사발이 되고 내 팔이 끊어질지라도 이 물건만은 가히 빼앗길 수 없다."
하고 뇌까리니 여러 스님들이,
 "이와 같은 보물은 어느 개인의 사유물일 수는 없고, 마땅히 여럿이 공론하여 결정할 문제이니라."

하고 종을 쳐서 산중 여러 스님이 가사장삼을 입고 큰 방에 열좌(列坐)하여 사미 아이를 불러,

"이 물건이 도장 가운데 떨어져 있었으니, 마땅히 사중(寺中)의 공공한 물건이 아니냐. 네가 비록 주웠다 하나 감히 어찌 이를 혼자 차지하리요."

사미가 할 수 없이 그 터럭을 여러 스님 앞에 내어 놓은즉, 여러 스님이 유리 발우(鉢盂)에 담은 후에 부처님 앞 탁자 위에 놓고,

"이것이 삼보(三寶)를 장(藏)하였으니, 길이 후세에 서로 전할 보물이다."

하거늘 여러 스님이,

"그러한즉 우리들이 맛보지 못할 것이 아니냐?"

한즉 혹자는 또한,

"그러면 마땅히 각각 잘라서 조금씩 나누어 가지는 것이 어떠냐?"

하니 여러 스님이 가로되,

"두어 치밖에 안 되는 그 털을 어찌 천의 스님이 나누어 가지리요?"

그때 한 객승(客僧)이 끝자리에 앉았다가,

"소승의 얕은 소견으로는 그 털을 밥 짓는 큰 솥 가운데 넣어 쪄서 돌로 눌러서 물을 길어 큰 솥에 채운 후에 여러 스님께서 나누어 마시면 어찌 공공(公共)의 좋은 일이 아니리요. 나와 같은 객승에게도 그 물을 한 잔만 나누어 주신다면 행복이 그 위에 없겠소이다."

한즉 여러 스님이,

"객스님의 말씀이 성실한 말씀이다."
하고 그 말에 찬성하였는데, 그때 마침 절에 100세 노승이 가슴과 배가 아프기를 여러 해 바야흐로 추위를 타서 문을 닫고 들어앉았다.

이 소리를 전해 듣고 홀연히 나타나 합장하며 객승에게 치하해 가로되,

"누사(陋寺)에 오신 객스님이 어찌 그 일을 공론함이 공명정대하뇨. 만일 그 터럭을 쪼개어 나눈다 하면, 늙은 병승과 같은 나는 그 터럭의 눈꼽만한 것도 돌아오지 않을 터이니……. 오늘 객스님 말씀에 가히 한 잔씩 나누어 먹는다 하니, 그것을 마신 후에는 저녁에 죽는 한이 있더라도 여한은 없겠소이다. 원컨대 객스님은 성불(成佛), 성불하소서."

하였다 한다.

약속보다는 출세가 우선

　예전에 서로 사귀어 친하기 그지없는 갑과 을 두 선비가 서울로 글공부도 함께 왔겠다. 이 때 두 친구는 서로가 서로를 격려하여,
　"우리가 큰 뜻을 세우고 마땅히 학업에 힘쓸 바에야 더욱 절차탁마의 공을 더하여 입신양명의 터를 닦을 뿐이요, 지조를 옮겨 권문세도가의 문객실은 아예 하지 말자."
하고 굳게 맹약하였다.
　그러나 두 선비는 여러 해 세월이 흘렀음에도 등과하지 못하였다.
　그중에 한 선비가 스스로 생각하기를, '나이는 들어가고 해는 저무는데 이름도 얻지 못하였으니 밖으로 활동하여 가만히 권문 세도가에 부탁하여 실리(失利)를 거둠만 같지 못하다'고 하였다.
　하루는 새벽에 몰래 권문 세도가에 도착하여 보니, 대문이 처

음 열리며 구종별배(驅從別陪)가 늘어선 가운데 뇌물을 가지고 기다리는 자가 많았다.

드디어 몸을 이끌어 여러 겹의 문을 지나서, 멀리 대청 위를 바라본즉 촛불이 적이 흔들리고 주인 대감이 장차 관아에 나가려고 하는지라.

곧 그 합하(閤下)에 창황히 통명(通名)하니 청지기가 이르되,

"주인 대감께 아직 기침하지 않았으나, 잠시 기다리오."

하며 객실을 가리키거늘, 갑이 그 문을 열고 들어간즉 친구인 을이 먼저 들어와 있는지라. 두 사람이 서로 쳐다보니 어이없고 놀랍고, 또한 크게 부끄러워 그 집에서 나와 흩어져 가 버렸다 한다. 듣는 자 웃지 않는 이 없었다.

여인의 옷 벗는 소리가 제일이라

　정송강·유서애가 일찍이 나그네를 교외로 보낼새, 때마침 이백사·심일송·이월사 등 세 사람도 자리를 함께 하였다.
　술이 얼근해지자 서로 소리에 대한 품격을 논하였는데, 먼저 송강이,
　"맑은 밤 밝은 달에 다락 위에서 구름을 가리는 소리가 제일 좋겠지."
하니 심일송이,
　"만산홍엽(滿山紅葉)인데, 바람 앞에 원숭이 우는 소리가 제격일 거야."
　이에 유서애가,
　"새벽 창가 졸음이 밀리는데, 술독에 술 거르는 소리가 으뜸일 거야."
하매,
　"산간초당(山間草堂)에 재자(才子)가 시 읊는 소리가 아름답

겠지."
하고 월사가 말하니,

 "여러분의 소리 칭찬하는 말씀이 다 그럴듯하기는 하나 사람으로 하여금 듣기 좋기로는 동방화촉(洞房華燭) 좋은 밤에 가인(佳人)이 치마끈 푸는 소리가 어떠할꼬?"
하고 백사가 웃으면서 말하니 일좌가 모두 크게 웃었다.

양남상합이 이익이 없다

　선묘조 무신 연간에 상(上)의 옥후가 편하지 못하여 약방제조 이하가 다 궁중에서 잘 때에 의관동지 이명원이 나이 70에 제조 최상서의 곁에서 자나, 밤이 되매 이명원이 직청을 자기 집으로 그릇 알고, 또 최상서를 자기 처로 오인하여 상서의 웃배에 다리를 얹거늘, 상서가 하리를 불러 쫓으니라. 또 인묘 경진 연간에 의관동지 최득룡이 전교(傳敎)로 약방에서 자더니 하번첨지 이순원과 함께 자니, 순원이 득룡을 처로 알고 장차 깔아 누르려거늘, 득룡이 서서히 가로되,
　"양남상합(兩南相合)이 이익이 없다."
하니 순원이 크게 부끄러워 교체를 기다리지 않고 숙직도 하지 않은 채 달아났다더라.

모두가 같은 마음

 현묵자 홍만종의 당숙인 영안도위가 연경에 가는 도중 요소의 사이에 이르렀더니, 군관 네 사람이 함께 한 여염집에 들어가 바깥채에서 묵으려고 하였다. 그런데 그 집안이 하도 조용하여 사람의 소리라곤 없다가 갑자기 한 소녀가 나와서,
 "남편이 장교로서 멀리 나가 있으므로 제가 홀로 집을 지키니, 나그네를 재울 수 없습니다."
하고 말이 그치자 이내 안으로 들어갔는데, 한 번 본즉 이것은 분명히 천하국색(天下國色)이라. 이날 밤 한 사람이 여럿이 잠든 틈을 타서 가만히 안으로 들어가 쉽사리 여인의 허락 아래 서로 극환(極歡)을 즐겼다. 밤이 깊은지라 귀를 모아 옆의 소리를 들은즉 곧 자기 친구의 코고는 소리라. 이에 한 사람이 몸을 빼어 안으로 들어가니, 분벽사창(粉壁紗窓)이 반쯤 열려 있어 마음속에 크게 기꺼워 몰래 걸어나아가서 장차 한번 간통할까 하는데, 문득 창 밖에 발소리가 점점 가까워지매, 곧 몸을 방

옆에 있는 독 사이에 숨기니, 이에 한 사람이 먼저 와서 그 독 사이에 엎드려 있었다. 드디어 숨을 죽여 기다리는데 또 한 사람이 문을 열고 들어와 앉거늘, 얼마 있다가 또 한 사람이 가만히 기어들어 자리에 연(聯)하여 앉는지라, 여인이 이에 손뼉을 치면서,

"웬 늙은 종놈들이 기약하지 않고 이렇게 모여 왔는고?"
하고 웃으며 말하니, 독 사이에 모여 앉은 네 사람이 제각기 뛰어나오면서 바라보니 다 동행들이다. 네 사람이 서로 돌아다보며 웃으면서,

"옛날에 이른바 시인의사(詩人意思)가 일반(一般)이다."
한 말이 이 경우가 아니냐 하였다.

사또의 얼굴에서 꿀을 취하리오

현묵자 홍만종의 장인 정상공이 관서에 안찰사로 있을 때 북경 가는 사신이 평양에 왔으므로 장인이 대연을 베풀어 이를 위로할 때, 홍분(紅粉)이 자리에 그득하거늘, 한 기생이 얼굴에 주근깨가 많으매, 서장관 이모가 희롱하여,

"네 면상에 주근깨가 많으니 기름을 짜면 여러 되가 나오겠구나."

하고 말하니, 그때 서장관 이모는 마침 얼굴이 몹시 얽은 위인이라 기생이 응구첩대에,

"서장관 사또께서 면상에 벌집이 많으시니, 그 꿀을 취할진대 여러 섬 되겠소이다."

하거늘, 서장관 이모가 대응할 말이 없었다. 장인이 그 기생의 응구첩대에 감탄하여 많은 상품을 주었다 한다.

주두나무 궤짝으로 사위를 고르다

어떤 촌늙은이가 그의 딸을 애지중지하여 딸을 위하여 사위를 고를새, 주두나무로 궤짝을 만들고 그 궤짝 속에 쌀 쉰 다섯 말을 저축하고 사람을 불러,

"이 궤짝은 무슨 나무로 만들었고 또 쌀이 몇 말인가를 능히 알아맞히면 마땅히 딸을 주리라."

하며 여러 사람에게 널리 물었는데, 그것이 무슨 나무로 만든 궤짝이며, 쌀이 얼마인지를 아무도 맞히는 자가 없었다. 연고로 해서 이럭저럭 세월이 흘러 꽃다운 나이만 먹어 가거늘, 딸이 그 세월이 무심하고, 뽑히려고 모여 오는 이 없음을 답답히 여겨, 드디어 어떤 한 어리석은 장사꾼에게 몰래 일러 가로되,

"그 궤짝은 주두나무로 만들고 거기 넣어 둔 쌀이 55두라. 그대가 만약 정확히 말하면 가히 내 짝이 되리라."

하고 일렀다.

그 장사꾼이 그 말에 의하여 대답하니, 주인 늙은이가 지혜

있는 사위를 얻었다 하여, 날을 가려 초례를 지내고 혹 무슨 일에든지 의심나는 일이 생기면 반드시 그 사위에게 물어 보았다. 어떤 사람이 암소를 팔거늘 주인 늙은이가 사위를 청하여 그 모양을 보게 하니, 사위가 그 소를 보고 가로되,

"주두나무 궤요."

하고 또다시,

"가히 쉰 닷 말을 넣을 만하도다."

늙은이가 가로되,

"그대는 망녕되도다. 어찌 소를 가리켜 나무라 하느뇨?"

처가 가만히 그 지아비를 꾸짖어 가로되,

"어찌 그 입술을 들고 이〔齒〕를 세고 '젊다' 하고 그 꼬리를 들고 '능히 많이 낳겠다'라고 하지 않았는가."

하였더니, 이튿날 처의 어미가 병이 나매, 사위를 청하여 병을 보였더니 사위가 상 아래로 나아가 입술을 들고 가로되,

"이〔齒〕가 젊구나!"

하였고, 또한 이불을 걷고 그 뒤를 보면서 가로되,

"능히 많이 낳겠는걸."

하니, 늙은이와 장모가 노하여 가로되,

"나무를 소라 하고 소를 사람이라 하니 참으로 미친놈이로구나!"

듣는 자가 모두 크게 웃었다.

같은 배를 타고 위인을 몰라보다

양천현에 신(辛) 자 성의 한 남자가 살았는데, 그 성격이 대단히 허탄하였다. 어느 날 양화나무를 거니노라니 맑은 바람이 솔솔 불어오고 물결은 고요하여 비단결 같았다. 신가가 뱃전에 비스듬히 기대고 앉아 자못 감탄한 어조로,

"만약에 황사숙이 여기에 같이 있었더라면 가히 더불어 시부를 지을 텐데. 이 경치야말로 홀로 보기 아깝구나."

때마침 추포가 초라한 차림으로 그 배에 탔다가 그 소리를 듣고, 어느 친구가 탔는가 하고 돌아보았으나 안면이 없는 사람이었다. 이상히 여기고 가까이 가 물어 보았다.

"댁은 어찌하여 황사숙을 그리 잘 아시오?"

"아다 뿐이요. 그와는 어릴 때부터 한 책상에서 글을 읽어 친함은 말할 것도 없고 사숙은 시에만 능한 것이 아니라 또한 사류(4·6 : 문장체)도 잘하였는데 일찍이 이런 일이 있었소, 위야사명화유거(魏野謝命畵幽居)란 표(表)를 지을 때 한 귀를 얻었으

니, 취죽창송은 경동서지 방불이라(翠竹蒼松逕東西之彷佛 : 푸른 대 푸른 솔은 길의 동서쪽이 비슷하다) 하고 오래도록 침묵하였으나, 끝귀를 얻지 못하고 있는데 내가 옆에서 보다 못해, 청산녹수는 옥상하지의희라(靑山綠水屋上下之依俙 : 푸른 산 푸른 물은 집의 아래위가 비슷하다). 어찌 그 대(對)가 되지 않겠는가? 사숙이 기꺼이 이것을 사용하였는데 이 글귀가 드디어 한때 널리 애송되었으니, 기실은 내 힘을 빌어 만든 것이오."

기가 막히는 사나이이다. 추포는 마음속으로 가만히 웃고 그에 대해서는 따지지 않았다. 그럭저럭 배가 뭍에 닿았다. 배에서 내리며, 신가는 추포를 잡고,

"같은 배를 타고 반나절이나 얘기하고 건넜으니 어찌 우연한 일이라 하리요? 우리 통성명이나 합시다. 나는 양천 사는 신아모요, 댁은 뉘시오?"

"나는 황신이오."

신가는 부끄럽고 놀라와 물에 빠지는 줄도 몰랐는데, 이 소문을 들은 사람은 배를 움켜잡고 웃었다.

파수록

봄꿈이란 실로 허사로세

　기생과 함께 살림살이를 하는 자가 있었다. 어느 날 밤이 깊어서 장차 취침하려는 찰나였다. 관가로부터 기생을 부르는 것이었다. 그의 사내가,
　"이다지 깊은 밤에 관가에 들면 반드시 또 하나의 사내를 얻는 것이겠지."
하고 농담을 붙였다.
　기생은,
　"관가에 들 때마다 남편을 얻는다면 온 세상 사내가 다 내 남편이 되오리까?"
하고는 이내 속옷 한 벌을 내어 입으면서,
　"이걸 보셔요. 이것이 곧 면하는 방법이랍니다."
하였다.
　사내는 웃으면서,
　"옳아, 옳아."

하였으나 끝내 의심이 가시지 않아서 남몰래 그 뒤를 밟았다.
　기생이 관가 문 앞에 이르자 속옷을 벗어 접어서 기왓장 밑에 넣어 두고는 들어갔다. 그 속임에 분개한 사내는 속옷을 갖고 돌아와 홀로 촛불을 밝히고 기생이 돌아올 것을 기다렸다.
　그러나 밤은 길고 피로는 다가왔다. 드디어 혼수 상태에 들었다. 새벽이 되었다. 기생이 문을 나서 간직하였던 속옷을 찾았으나 간 곳이 없었다. 이미 제 사내의 짓인 줄을 알고서 집으로 돌아와 창 앞에 이르렀다. 문 소리가 날까 봐 가만가만 열었더니 사내는 과연 그 속옷을 껴안은 채 잠이 깊이 들었다. 가만히 그 모자를 갈아 쥐이고는 속옷을 앗아 도로 입고서 사내를 발로 차서 깨웠다.
　기생의 발에 채인 그 사내는 발딱 일어나면서,
　"네 속옷이 내 손아귀 속에 쥐였어도 너는 오히려 간부(姦夫)가 없었단 말이냐?"
하고 분기탱천 호통쳤다. 기생은,
　"밤이 아무리 캄캄하였다손 어찌 속옷과 모자를 구별하지 못하셨어요?"
하고 공교로운 말과 아리따운 웃음으로써 아양을 부렸다.
　사내는 그 말을 듣고서 다시금 살펴보니 과연 모자였다. 그제서야 하는 말이,
　"봄꿈이란 실로 허사로군."
하고 부끄러운 얼굴빛을 지었다.

옹졸한 장모

어떤 늙은이가 처음 사위를 맞이하였다. 사위에게,
"자네는 글을 잘 아는가?"
하고 물었다.
사위는,
"아니오."
하고 서슴지 않고 대답하였다. 이 말을 들은 장인은,
"이제 아무리 먼 나라에 살고 있는 오랑캐가 말소리가 괴상하고 옷차림이 다르더라도 별안간 만나서 그의 생각이 내게로 통해짐은 같은 문자를 쓰고 있는 까닭이 아니야. 인간으로서 글을 알지 못한다면 무엇으로써 사물을 통한단 말인가."
하여 개탄한 나머지 다시금 사위에게 묻기를,
"그대가 소나무와 잣나무가 사시(四時)를 헤이지 않고 길이 푸른 빛을 지닌 까닭을 잘 아는가? 길 곁에 버들이 이다지 앙장(昂藏)한 까닭을 아는가?"

하였더니 사위는,

"그것 역시 모른답니다."

하고 대답하였다.

장인은 또 이에 대한 풀이말을 한참 늘어놓았다.

"소나무와 잣나무가 길이 푸른 것은 중심이 굳은 까닭이요, 학이 울음소리를 잘하는 것은 울대가 긴 까닭이요, 길 곁의 버들이 앙장한 것은 사람을 하도 많이 겪었던 까닭이야. 그대가 만일에 글을 잘 안다면 저절로 이 이치를 해득할 것이니, 글이 노둔한 것이 단지 한스러울 뿐이야."

이 설명을 들은 사위는,

"그렇다면 저 대나무의 푸름도 중심이 굳어서 그렇답니까? 맹꽁이가 울음 잘 우는 것도 울대가 길어서 그렇답니까? 또 우리 장모가 이렇게 옹졸한 것도 사람을 많이 겪어서 그렇답니까?"

하고 반문하였다.

장인은 비로소 속았음을 깨닫고 붉혀진 얼굴에 아무런 말이 없었다.

턱 밑의 음모

어떤 자가 친구의 집을 찾아들었다. 주인이 출타하였기에 아이에게,
 "네 아버지께서 어디 가셨니?"
하고 물었더니 아이는,
 "간 곳에 갔지, 어디를 갔어요?"
하고 대답하였다. 그는 마음속으로 그 아이의 나쁨을 알고,
 "네 나이가 몇이냐?"
하고 물었더니,
 "건너 동네 석례와 동갑이지요."
하고 대답하였다. 그는 또,
 "그럼 석례의 나이는 몇이냐?"
하였더니, 아이는,
 "나와 동갑이지 뭐요."
하고 대꾸하는 것이 아닌가.

그는 할 수 없어,

"너는 어인 아이인지 이다지 교사스럽단 말이냐. 내 의당히 네 ××를 베어 먹겠다."

하고 위협하였더니, 아이는 서슴지 않고,

"그럼 어른 ××도 베어 먹을 수 있겠죠."

하고 반문하는 것이었다.

그는,

"그렇고말고, 무엇이 안 되겠니?"

하였더니 아이는,

"정말 많이들 베어 먹었던가 봐요. 당신 턱 밑에 음모가 많이 붙었음을 보아서요."

하고 끝까지 대꾸하였다.

깊은 산 속의 노부부

윤생이란 자가 관서에 객유(客遊)하더니, 한 촌집에서 묵을 새, 비에 막혀 돌아오지 못하였다. 안주인이 비록 늙었으나 말씨와 모양과 행동거지가 촌노파 같지 않았던바 하루는 안주인이 웃으며 가로되,

"행차가 반드시 심심하실 터인데, 내가 옛날 얘기나 해드려서, 한번 웃으시는 게 어떠하오십니까?"

"그것 참 좋습니다."

하고 윤생이 답하였다. 이 때 주인 늙은이(남편)가 즐기지 않으면서 하는 말이,

"불길한 말을 이제 또 말하려고 하느뇨?"

"당신과 내가 함께 늙은지라 그 말을 해서 무엇이 해로우리요."

하며 노파가 이어서,

"내가 본시 초산 기생으로 나이 열여섯에 초산 사또에게 홀

려, 그의 지극한 사랑을 받아 그의 방에서만 함께 지내더니, 사또가 의외에 갈려 가게 되어, 이별에 임하여 이에 소용의 가장 집물을 전부 내게 주며 또한 후하게 먹을것까지 준 후에 내게 가로되, '내가 돌아간 후에 너도 곧 뒤따라 올라와서 함께 100년을 지내는 것이 옳으리라' 해서 내가 울면서 허락한지라. 사또가 간 후에 정분을 억제하지 못하여 그간 준 것으로 패물로 바꾸어 가지고 동자 한 놈만 데리고 홀홀히 떠나갈새, 겨우 수일 간의 길을 가다가, 때마침 추운 겨울이라 대설(大雪)이 나부끼며 가던 길을 잃어버려, 동자로 하여금 말을 버리고 길을 찾게 하였더니, 그릇하여 깊은 눈구덩이에 빠져 그 가운데서 헤어나지 못하고 죽은지라 중도에 머뭇거리매, 추위는 심하고 다리는 아픈 위에 날 또한 어두워지던 터에, 멀리 깜박거리는 등불이 숲 사이에 명멸하는 것을 보고, 사람의 집이 있음을 알고 간신히 찾아가 문을 두드리고 본즉, 그것은 하나의 부처님 암자인데, 고요하여 사람 하나 없고 탁자 위에 다못 흰 부처님 한 분이 계실 뿐이라, 속으로 생각하기를 방 아랫목이 이미 따뜻하고 등불이 또한 밝은데, 중도 없으니 괴상하고도 괴상하도다. 그러나 일이 이 지경으로 궁한 처지에 어디 달리 갈 데가 없고 해서, 몸소 말안장을 풀어 죽을 쑤어 말에게 먹이고, 홀로 방 가운데 누워 천천히 잠을 이루지 못하였더니, 얼마 후에 몸이 녹이면서 빈혈증이 심한지라, 사람은 없고 해서 치마 저고리를 다 벗고 속옷만 입고 몸뚱이를 드러내 놓고 누워 있었더니, 뜻 아니한 중에 스님 한 분이 달려들어 강간하니, 비록 항거하려고 하였으나 밤중 깊은 산에 그 누가 와서 구해 주리요. 원래 이 스님은 이미 10여 세 때부터 머리를 깎고 출가하여 벽곡(辟穀,

생식)하고 홀로 암자 가운데 사니, 나이 바야흐로 28세라, 위에 이른바 탁자 위의 흰 부처님이 곧 그라. 계행이 비록 높으나 정욕이 움직인 바 되니, 어찌 가히 억제하리요. 이튿날 창문을 열고 바라보니, 적설이 처마에 쌓여 들어가고자 하나 어찌할 수가 없어 그럭저럭 겨울을 나니, 두 사람의 정분이 함께 흡족하거늘 스님이 가로되, '나도 그대를 구하지 않았고 그대도 나를 찾지 않았건만 어찌 길에 쌓인 눈이 나로 하여금 그대를 만나게 해줄 줄 알았으랴. 내 계행은 그대로 인하여 훼손되고, 그대의 절개는 나로 인연하여 이지러졌으니, 일이 이에 이르러 묘하게 합치게 되었도다. 이는 하늘이 그대와 내 좋은 인연을 만들어 준 바이라 할 것이니, 어찌 반드시 옛 낭군을 찾아가서 첩이 될까 보냐. 나와 더불어 해로하여 함께 안락함을 누리는 것이 어떠하냐?' 하거늘 내 또한 생각해 보매 말과 실지가 이치 있는 듯하여, 그 스님을 따라 여기에 와서 산즉, 아들과 딸을 낳아 집안이 또한 넉넉하니, 이 어찌 하늘의 이치가 아니리요. 저 늙은이가 바로 당일의 산승입니다."

하니 늙은이 또한 웃으면서 말이 없었다.

어진 아내도 믿지 말라

  옛날에 봄놀이 하던 여러 선비가 산사에 모여 우연히 여편네 자랑으로 갑과 을을 정하지 못하더니, 곁에 한 늙은 스님이 고요히 듣고 있다가 가로되,
  "여러분 높으신 선비들은 쓸데없는 우스갯소리를 거두시고 모름지기 내 말을 들어 보시오. 소승은 곧 옛날의 한다 하는 한량이었지요. 처가 죽은 후 재취하였더니 재취가 어찌 고운지 차마 잠시도 떨어지지 못하였고 다정히 지내다가, 마침 되놈들이 쳐들어와 크게 분탕질이라. 사랑하는 아내한테 빠져 능히 창을 잡아 앞으로 달리지 못하고, 처를 이끌고 도망치다가 말 탄 되놈에게 붙잡힌 바 되었는데, 되놈이 처의 아름다움을 보고 소승을 장막 아래에 붙잡아 매고, 처를 이끌고 들어가서 함께 자거늘, 깃대와 북이 자주 접하매 운우(雲雨)가 여러 번 무르익어 남자도 좋아하고 계집은 기뻐 흐느끼는 소리가 들려 더럽더니, 밤중에 계집이 되놈 장수에게 '본부가 곁에 있어서 마침내 편

안한 마음으로 하기 곤란하니, 죽여 없애는 것이 어떠하오?'
하매, 그 두목이 '네 말이 옳도다. 좋아! 좋아!' 하니 소승이 이에 그 음란한 데 분통이 터진 데다가 또한 이 말에 놀래어, 있는 기운을 힘껏 써서 팔을 펴 매어 묶은 끈이 다행히 끊어지는지라, 청룡도(靑龍刀)를 훔쳐 바로 장막 안에 뛰어들어 남녀를 함께 벤 후에, 몸을 빼쳐 도망해 돌아가서, 머리를 깎고 치의(緇衣)를 입어 구차히 생명을 보전하니, 이로 말미암아 말하건대 여러분 높으신 선비님들의 여편네 자랑을 어찌 가히 다 믿을 수가 있으리요."
하니 여러 선비들이 무연히 말이 없었다.

대장부의 은혜에 보답하다

　영남에 김씨 성을 가진 자가 있어 힘이 무섭게 세고 또한 활 쏘기를 썩 잘하여, 무과에 응시하기 위하여 상경하다가 길을 잃어 산으로 들어가니, 가을 날씨가 장차 저물려는데, 다시 수백 보를 나아간즉 가운데 큰 집이 있고, 곁에 조그만 오막살이들이 있는데, 그 광경이 어쩐지 쓸쓸하기 그지없었다. 고요하여 인적이 끊인 품이 귀신이라도 나올 듯하였다. 다시 문을 두드려 보았으나 응해 주는 자가 없더니, 중문(重門)에 이르른즉 한 절세미인이 나타났는데, 나이 17, 18세밖에 되지 않았고 아직 머리를 얹지 않은 것으로 보아 처녀임이 분명한데, 여인이 슬픈 듯도 하고 기꺼운 듯한 표정으로 물어 가로되,
　"손님께서 어디서 오시는지요?"
　"청컨대 바깥채에서라도 하룻밤 자고 가기를 원합니다."
하고 김씨가 말하니, 처녀가 김씨를 객석에 맞이하여 몸소 저녁상을 잘 차려다 주는데, 비록 고기 반찬은 없으나 소재의 종류

가 아주 깨끗하기 이를 데 없었다.

　김씨는 굶주린 끝에 순식간에 다 먹어 치우고, 처녀가 혹시 귀신인가 사람인가, 의심하여 물어 보니 처녀가 김씨를 대하여 눈물을 흘리며 가로되,

　"제가 본시 양반과 자손으로 집안이 크게 부유하여 좌우 촌락이 다 우리 집 노비 권속이었고, 동서 전원이 다 우리 집 땅이었지요. 한 집안 속에 오손도손 스스로 평안히 백성이 되어 살고 있었는데, 불의의 포악한 놈이 하나 나타났는데, 그 기운을 말하면 오확이라 할까요. 그 흉악함을 말할진댄 도적이 분명해요. 제 자색을 탐내어 위로 부모로부터 아래로는 청지기 기타에 이르기까지 모조리 없애고 저를 겁간하고자 하니, 한번 죽음이 쾌한 줄을 알지 못함이 아니나 제가 만약 죽으면 깊은 원수를 그 누가 갚아 주며 지극한 원한을 어찌 풀 수 있으리요. 마음 아픔을 참고 원한을 품으며 핍박에 이기지 못하여 부득이 좋은 말로 도적에게 타일러 가로되, '일이 이에 이르매 죽어 무슨 이익이 있으리요. 자못 좋은 꾀를 가지고 있는데, 이것을 다 먹은 후에 허신(許身)하여도 오히려 늦지 않으리니, 내 말을 좇지 않으면 그때에는 나는 죽음이 있을 뿐이로다' 하니 흉적이 나를 자기 손안의 물건이라 인정하고 또한 잘못 건드렸다가 죽으면 아깝다 하여, 짐짓 나를 범하지 않는고로, 구차히 모진 목숨을 이어 왔습니다. 생각하건대 저놈을 죽여야만 하겠는데 우리 집이 궁벽한 곳에 있는지라, 이미 오는 이도 없고 비록 친척이 있다 하나 이제는 정말로 욕을 보지 않고는 견디지 못할 지경에 이르렀으니, 스스로 한 번 죽어야겠다고 생각하여 슬픈 심정으로 있었더니, 이제 귀객이 문득 이르시니 능히 저를 위하여 이

지극한 원한을 말씀드리옵니다. 저로 말미암아 그 앙화가 골육지친에 미치니, 생각해 보면 창자가 끊어지는 것 같고 가슴이 메어지는 것 같습니다."
하고 말을 마치자 하염없이 눈물을 흘리거늘, 김씨가 비록 흉적의 용기를 꺼리기는 하였으나, 한 번 듣고 분통이 터지며 담기가 뭉클하여 이에 가로되,
"이 도적은 기운만으로는 이기기 어려우니 반드시 계책을 써야 할 것이옵니다."
하면서,
"동네 밖에 숲이 있고 숲 사이에 못이 있으니, 못의 깊이가 천척이나 되고 길이 못가에 둘러 있는데, 일찍이 들으니 이 도적놈이 못을 헤엄쳐서 지름길로 온다 하오니, 숲 사이에 숨어 계시다가 가히 온 힘을 기울여 못을 헤엄쳐 그 도적의 용기가 감해지기를 기다리시어 기회를 타서 행동하시면 거의 성공하오리라. 그렇지 않을까요?"
하니, 김씨가 그 계책이 그럴듯하다고 생각한 후에 새벽에 그곳에 가서 활을 벌려 화살을 끼고 엎드려 기다리는데, 아침나절이나 되어 도적이 묻되,
"어제 온 자는 누군데 어디서 왔느냐?"
여인이 가로되,
"그는 내 외척이니, 오늘 새벽에 이미 떠나갔소이다."
듣기를 마치고 못하고 냇가에 이르러 동서를 돌아보고 옷을 벗고 헤엄쳐 감에 그것은 마치 날오리가 층랑(層浪)을 희롱하는 것과 같았다. 김씨가 가만히 등뒤로 좇아 날카로운 한 화살을 쏘니, 도적이 울부짖으며 크게 소리치고 몸을 돌이켜 오거늘,

김씨가 정신을 가다듬어 또 쏘고 거듭 쏘아 화살이 목덜미를 꿰뚫고 사지가 늘어져 물 위에 뜨거늘, 김씨가 그가 이미 죽은 것을 알고 화살을 도로 빼 가지고 돌아오니, 여인이 비단 수건을 들보에 걸고 성패 여하로 생사를 결단하고자 하다가, 도적을 죽이고 돌아옴을 보고 바쁘게 집에서 내려와 김씨를 보고 칭사함이 천만 번이라, 칭사에 가로되,

"지극한 원한을 풀어 주시고 원통을 없애 주시니 태산 같은 은혜와 바다 같은 은덕을 무엇으로써 보답하리이까. 저를 난 자는 부모요 저를 살린 자는 그대이시니, 이 몸의 터럭과 머리카락은 그대의 주신 바라, 오직 그대는 이 몸을 마음대로 하소서."

"내 이번 일을 가린 것이 자못 일단 의기를 위하여 하였을 뿐이고, 저 도적이 화살 앞에 꺼꾸러진 것은 내 용맹이 아니라, 다만 그의 죄악이 하늘에 차서 내 손을 빌렸을 뿐이니, 나를 어찌 믿으리요. 오직 바라건대 소저는 스스로 행복을 구하여 잘 지내시오."

하고 김씨가 말을 마치자 성명을 고하지 않고 서울로 돌아와 무과에 급제하였으나, 본시 시골의 세력 없는 백성이라 경향을 왕래하여 벼슬을 하지 못하기를 이미 10여 년이었다. 그때 여인은 도적을 죽인 후 비로소 친척을 찾아 그 배를 갈라 그 간을 씹고, 날을 가려 친장(親葬)을 지낸 후에 가사를 정리하고 서울의 어느 재상의 계실(繼室)이 되었더니, 심히 부덕이 있어 금실이 좋으나 일찍이 사람을 보고 웃는 낯을 해 본 일이 없었다. 재상이 괴상히 여겨 물어 보거늘 부인이 울면서 그 일을 말하기를,

"내가 살아생전에 이 은혜를 갚지 못하면 죽는다 하더라도

눈을 감기 어려우니 어찌 웃으리까."

　재상이 마음에 측은히 여겨 반드시 그 사람을 찾아 그 은혜를 갚고자 하였더니, 대사마가 되어 매양 시골 사람을 만나면 각각 자기의 경력한 바를 말하게 하고 그 사람을 찾고자 하였더니, 부인이 병풍 뒤에 앉아 가만히 그 말을 엿들었는데, 하루는 김씨가 통자(通刺) 배알한 후에 그 지난 일을 말하니, 김씨의 모습과 이목은 이미 부인의 심간에 새겨 둔지라, 비록 100년이 지났다 하나 어찌 잊을 리가 있으리오. 한 번 그 말을 들으매 곧 외당(外堂)에 나와 그의 손을 잡으며 아저씨로 불러 눈물이 비 오듯 하며 감히 더 말하지 못하는지라, 재상이 김씨를 위하여 집 한 채를 사서 이웃에 살게 하며 친척으로 대우하니 김씨 또한 이로 인하여 마침내 현관에 이르렀다.

아들과 첩의 애절한 정

어떤 재상이 항상 말하되,

"내가 영남 도백으로 있을 때에 집 아이가 한 기생첩을 사랑하였는데, 내가 체차되어 돌아오매 함께 데리고 왔더니, 수년이 지난 뒤에 스스로 꾸짖음을 얻은 줄 알고 창기를 두는 자가 이 어찌 사부(士夫)의 행실일까 보냐 하여 이에 쫓아 보냈더니 이미 쫓아낸 후에 내가 '그 여인이 떠날 때에 여인이 무어라 말하더냐?' 물으니, '별로 다른 말이 없사옵고 다 말하지 못하되, 이렇듯 수년 동안 건즐(巾櫛)을 받들어 오다가 문득 이러한 이별이 있으니 유유한 내 회포를 무엇으로써 형언하리요 하며 운자를 불러 별장(別章)을 짓겠다기에 곧 군(君) 자를 부른즉, 여인이 가로되, 어찌 반드시 군자(君子)만 부르는고 하고 이에 읊어 가로되,

낙동강 위에서 님을 만나고

보제 원두에서 님과 여의니
복사꽃도 지면 자취 감추는데
어느 세월 어느 때인들 내 님 잊으랴.

이렇게 읊고 눈물을 흘리며 물러갔나이다' 하매 내 그 시를 듣고 그의 결연히 죽을 것을 알고, 사람을 보내어 불러오게 하였더니, 이미 누암강에 투신 자살한지라, 내 아들이 이로 인하여 병을 얻어 두어 달 만에 죽었도다. 내 또한 이 일이 있은 후로 때를 만나지 못하고 장차 늙어가니, 부자의 사이에 오히려 이러하거든 하물며 다른 이에게 가히 적원(積怨)할 수 있으랴." 하더라.

노파와 늙은 개

어떤 나그네가 산협 속을 지나다가 날이 저물어 촌가에 투숙하였더니, 다못 한 늙은 아낙네가 그의 투숙을 허락하면서 가로되,

"이웃 마을에 푸닥거리가 있어 나를 청하여 와서 보라 하나 집안에 남정이 없는고로 갈 생각이 있어도 가지 못하였더니, 손님이 오셨으니 잠깐 제 집을 보살펴 주시면 어떻겠습니까?"

객이 이를 허락하매, 늙은 할미가 갔는데, 그 집의 늙은 개가 곧 웃방에 들어와서 빈 그릇을 이끌다 놓고 겹쳐 디디기 좋도록 한 다음, 그 위에 뛰어올라 실경 위의 떡을 핥아먹거늘, 밤이 깊은 뒤에 할미가 돌아와 손으로 실경 위를 만지며 괴상하다고 하는데, 객이 그 연고를 물었더니 할미가 가로되,

"어제 내가 시루떡을 떡을 쪄서 이 실정 위에다 얹어 두었소. 결단코 손님이 잡수실 리가 없고 찾아보아도 없으니, 어찌 괴이치 않으리요."

하니 스스로 생각하기는 그 일을 밝혀 말하기 거북하나, 자기가 훔쳐먹지 않았나 하는 허물을 면하기 위하여 이에 그 자초지종의 본 바를 말하니 할미가 가로되,

"물건이 오래되면 반드시 신(神)이 붙는다더니, 진실한지고 그 말씀이여. 이 개가 이미 수십 년을 지낸 연고로 이렇게 흉측한 일을 하니, 내일 마땅히 개백정을 불러다가 처치해야겠소."

한즉 개가 이 말을 듣고 나그네를 흘겨보며 독을 품는 눈치였다. 객이 마음에 몹시 두려워 다른 곳에 은신하여 옷과 이불을 그대로 깔아 놓고 동정을 살피니, 얼마 후에 개가 방 가운데 들어와 사납게 옷을 깨물며 몸을 흔들어 독을 풍기며 오래 있다가 나가는지라. 객이 모골이 송연하여 주인 할미를 깨워 일으킨 후에 개를 찾게 하였더니, 개는 이미 기진하여 죽어 넘어진지라. 객이 만나는 사람마다 매양 그 이야기를 일러 가로되,

"짐승도 오히려 그 허물을 듣기 싫어하거든, 하물며 남이 모자라는 것을 털어 얘기할 수 있을까 보냐."

하였다.

선을 장려하고 악을 징계하다

 허서방이란 자가 탐심이 많고 또한 부지런하여, 전혀 옳지 않은 일만 영위하여 많은 재산을 벌었겠다. 때마침 밭갈이할 무렵이라 일군들을 지휘하여 쓰레기와 거름 등속을 소에 실어 내더니, 때마침 늙은 중이 떨어진 옷과 헤진 짚신으로 문전에 이르러 밥을 빌거늘 허서방이 크게 노하여 가로되,
 "내가 평생에 미워하는 자가 중과 여승이라 밭 갈지 않으며 길쌈하지 않으며 놀고 입고 놀고 먹으니 그것은 백성의 좀이라, 네가 어찌 감히 내 집에서 밥을 구하느뇨?"
하고 쇠붙이와 호미 등속으로 발우(鉢盂) 안에 똥을 하나 그득 담아 주매, 노승이 묵묵히 받아가지고 돌아갔겠다. 그 이웃에 양서방이란 자가 있어 집안은 비록 가난하나 성품이 본시 남에게 베풀기를 좋아하여 이를 보고 불쌍 생각하고 가로되,
 "성인(聖人)은 한 줌 밥과 한 그릇 죽을 얻은즉 살고 얻지 못하면 죽을지라도, 그를 불러 주면 행도(行道)하는 이는 받지 아

니하고, 그를 차면서 주면 걸인도 편안하지 않는다 하니, 이것은 또한 한 줌의 밥과 한 그릇의 죽에 비할 바가 아니니 그대는 어찌 받으리요?"
하니까,
"오직 존자께서 천한 자에게 주심에 오히려 감히 사뢸 말씀이 없거든, 하물며 산승이 감히 높으신 어른께서 주심을 사양하리까?"
양서방이 이에 발우를 달라 해서 깨끗이 씻고 그곳에 공양을 담아 드리니, 스님 손을 합장하며 사례하여 가로되,
"시주의 후한 뜻을 무엇으로써 갚으리오. 나로 하여금 고요한 방에 있게 하여, 내게 짚을 주시고 인적을 통하지 않게 하시면 마땅히 당신께 은혜 갚을 길이 있겠습니다."
해서 양서방이 그 말대로 하여 베푸니, 잠시 지난 뒤에 노승이 양서방을 부르거늘 들어가 본즉 돈이 방 안에 그득한지라, 크게 놀라고 괴상히 여겨 비로소 그가 신승(神僧)임을 알고 발 벗은 채로 뜰에 내려 묵묵히 치사하였는데, 노승이 미소를 지으며 가로되,
"그대에게 오래 쌓은 선심이 있으니, 보은하는 이치가 마땅히 이와 같도다. 어찌 치사하리요."
하고 이에 다시 말하되,
"명년 이날에 내 마땅히 다시 와서 그대와 반갑게 만나리라."
하고 말을 마친 다음 지팡이를 휘두르며 사라져 갔다. 양서방이 이로부터 가도(家道)가 점점 풍성해져 이웃 허서방을 부러워하지 않을 지경이어늘, 허서방이 괴이히 여겨 와서 그 치부의 술책을 묻는데 양서방이 그 경위를 말하니, 허서방이 가로되,

"스님이 만약 다시 오시면 모름지기 내게 알리라."
"그렇게 합시다."
하고 양서방이 답하였다. 그 후 기약된 날에 이르러 노승이 과연 도착하니, 허서방이 친히 맞이하여 집에 돌아가 성찬으로 대우하여 엎드려 절하며 간청하여 가로되,
"듣자온즉 노존사께서 모래〔沙〕를 단련하여 성금하게 하는 신술이 있다 하니, 엎드려 원컨대 나를 위하여 시험해 주소서."
노승이 허락한즉 허서방이 심히 기뻐하여 집을 정하고 사람을 물리쳐 양서방이 한 것과 같이 하였더니. 이례를 겨우 지난 후에 문꼬리를 열고 본즉 스님은 간 곳이 없는지라, 허서방이 가서 보니, 허서방과 똑같이 생긴 허서방이 뛰어나와 허서방을 발길로 차면서 가로되,
"내 본시 이 집 주인이라. 네가 어떤 놈이냐?"
하거늘, 허서방의 처자가 놀라 자세히 본즉 면목과 행동거지와 언어 풍속이 조금도 진짜 허서방과 다름없는지라. 진짜 허서방과 가짜 허서방이 서로 '이 집 주인이 자기'라고 하여 서로 멱살을 잡고 싸우는데, 처자 권속들이 어찌 할 바를 몰라 신(神)에게 푸닥거리를 해도 듣지 않고, 관가에 송사를 해도 관가에서 이를 가리지 못하는지라. 진짜 가짜의 두 허서방이 싸우기를 길이 일삼으니, 그 동안 쓴 돈과 낭비가 물과 불같아서 가산이 탕진되고 남음이 없는지라. 하루는 노승이 다시 와서 허서방에게 말해 가로되,
"패악하여 들어오고 패악하여 나감은 이치의 상사라, 그대의 일생이 어질지 못함을 부끄러워하지 않고, 옳지 못함을 두려워하지 않으니, 이미 그 많은 재산을 모으고도 오히려 족히 생각

하지 않고 더욱 패도를 행하니, 재앙이 어찌 발생하지 않으랴."
　얘기를 마치자 이에 지팡이를 들어 가짜 허서방을 미니, 곧 그것은 소먹이 한 묶음으로 변하였다. 노승이 섬돌을 내려 두어 걸음 걸어가매 별안간 그 자취가 없어졌다.

진담록

별난 격으로 풍월을 읊다

 어떤 작은 아이가 시구를 짓는 재주가 영롱하였다. 어느 날 어떤 모임이 있었는데, 그중에는 민좌수·신생원·서진사·우별장 네 사람이 있었다. 그 넷이 아이를 기특히 여겨서,
 "네가 능히 우리 네 사람을 위하여 절구 한 마디를 지어 다오."
하였더니 그 아이는 서슴지 않고 써서 드렸다.

 숲 속에는 민망히도 앉은 채 졸음짓고
 보름에 돋은 달은 새로이 둥글도다.
 고양이 오는 곳에 쥐는 다 죽어 가고
 부잣집 소를 보면 유달리 건장하구나.

 이는 비록 무운(無韻)의 시였으나 풍자가 가득 실려 있는 글귀들이다. 민좌수의 성인 민은 민망의 뜻으로 쓰고, 좌수(座首)

를 같은 음인 좌수(座首)로 하여 민좌수를 놀리고, 신생원의 신(申)과 원(員)을 신(新)과 원(圓)으로 고쳐서 신생원을 놀리고, 또 서진사의 같은 음인 서진사(鼠盡死)를 취하여 서진사를 모욕하고, 우별장의 우(禹)를 우(牛)로, 장(將)을 장(壯)으로 고쳐서 우별장을 풍자한 것이다. 그 네 사람은 시를 읊고 모두들 무료하였으나, 할 수 없이 도리어 쓴웃음을 지으면서,
"애당초 지으라 권한 우리가 잘못이야."
하고 불문에 부쳤다.

취객의 통곡하는 곡절

　어떤 술 취한 사람이 한길에서 통곡하고 있었다. 이 꼴을 본 사람은 그를 괴이하게 여겨,
　"아무리 슬픈 일이 있더라도 술 취해 우짖는 것이 옳지 않은 일이거든."
하고 책망하였다. 통곡하던 이는,
　"비통의 정을 견디지 못할 경우에 취하지 않고 어떻게 한단 말이오."
하고 반문하는 것이었다. 그 사람은,
　"그럼 무슨 슬픔이 있건데?"
하고 물었더니 그의 소매로 눈물을 씻으면서,
　"사랑하는 아들을 여의었다오."
하고 다시금 울먹였다. 그 사람은,
　"이야말로 비통한 일이오. 몇 살이나 먹은 아이가 죽었는지요?"

하였더니, 그는 묵묵히 한참 생각하다가,
 "이제부터 아홉 해를 지나면 열 살이 될 아이가 죽었다오."
하고 입을 닫았다.

음탕한 계집의 변명

　어떤 해학을 잘하는 자가 있었다. 그의 이웃에 살고 있는 사내와 계집이 저들끼리 서로 사통함을 알고서 그 계집에게 묻기를,
　"이웃에 아무개가 내게 이르기를 '내가 어느 날 저녁에 이웃 아무개 여인의 집앞을 지나가려니, 그가 나를 보고는 곧 내 손목을 잡고 제집으로 들어갔으므로 나는 부득이하여 서로 좋아하였네그려' 하니, 너는 과연 그런 일이 있었는지?"
하였더니, 이 말을 그는 크게 놀라는 태도로 손으로 자리를 치면서,
　"아이고, 세상 천하에 어찌 이런 수치스러운 말이 있어. 세상 천하에 어찌 이런 망극한 일이 있어. 내가 제 손목을 이끌었단 말이오. 다만 일전에 힌 일을 말한다면 내가 저희 집 앞을 지나칠 제, 제가 나를 보고는 줄곧 나를 이끌고 제집으로 들어갔기에 나는 실로 부득이하여 말을 들었을 뿐, 내가 무슨 저를 이끌

었기에 이런 수치스러운 말이 있단 말이오."
하고 구구한 변명의 말을 늘어놓았다.

우(禹)는 보았지만 양(楊)은 보지 못하다

 어떤 청년이 해학 잘하기로 이름이 있었다. 때마침 우별감이란 자가 그를 보고 농담을 붙였다.
 "너는 의당 내게 절을 드려야지."
 그 청년이 웃으면서 절하였다. 그 뒤에 또 양도감이란 자가 있다가,
 "너는 어이 저이에게만 절하고, 내게는 절을 하지 않느냐?"
하고 농담을 붙였다. 청년은 곧 몸을 돌이켜 절을 하고는 한 구절을 하고는 한 구절은 문자를 써서 사과 겸 풍자를 하였다.
 "우(禹)는 보았으나, 양(楊)은 보지 못하였나이다."
 이는 맹자의 '견우미양(見禹未羊)'의 우와 양의 같은 음인 우와 양을 잘 이용한 것이다.

스님, 닭의 둥우리를 지고 달아나다

 한 스님이 늘 주인 과부에게 뜻을 두고 있었는데, 그러나 감히 입을 열어 말은 하지 못하고, 과부 또한 그 스님에게 뜻이 간절하나 차마 뜻을 말하지 못하더니, 하루는 스님이 과부의 집에서 자게 되었는데, 밤 깊은 후에 가만히 방문 가까이 가서 본즉 때에 새벽달이 만정(滿庭)하여 방 가운데 비치는지라, 과부가 여름달 아래 이불자락을 걷고 몸을 드러냈는데, 바야흐로 우레를 벌린 듯 뜨거워서 풍만하고 비대한 살결이 달을 가려 희거늘, 한 번 보매 정신이 아찔하고 다시 보매 혼백이 꺼질 지경이라. 숨어 생각하기를 내 마땅히 곧 들어가서 접간하여, 만일 그 일이 탄로나면 곧 몸을 빼쳐 도망하리라 하고, 옷을 다 벗어서 의복은 바랑에 집어넣고 바랑은 서까래 위에 걸어 놓고, 미리 도망할 계획을 다 한 후에 오직 벌거벗은 몸으로 엎드려 기어서 목을 옴크려뜨리고 가만히 들어간즉, 때에 과부가 잠이 깨어 스님의 동정을 살피고 그 마음에 기쁘고 반가워서 곧 두 손으로 스님을 끌어안으려고 하니, 스님이 크게 겁을 먹고 뛰어 문 밖으로 나가다가 바랑을 걸머지고 간다는 것이 하도 놀래고 겁을 먹은 탓으로 그릇 닭의 둥우리를 지고, 벌거벗은 몸으로 날 살려라 하고 뛰어 달아나거늘, 때에 동방이 밝아오는지라 행인이 놀래 가로되,

"스님은 어쩐 연고로 적신으로 닭의 둥우리를 짊어지고 가시오."
하니 스님이 그제야 제 꼴을 돌아보고 가히 대답할 말이 없으니 졸연히 대답해 가로되,

"이와 같이 하면 시절이 대풍이 된다고 하기에……."
하며 도망하더란다.

눈 하나인 놈을 죽이리라

어느 주막집 여편네가 매양 행방(行房)하고자 한즉 반드시 그 지아비를 희롱하여,

"마땅히 눈 하나 가진 놈을 죽이리라."

하니 눈 하나 가진 놈은 대개 그 양물을 가르침이라. 하룻밤 삼경(三更) 때에 그 남편이 여인을 향하여,

"이제 마땅히 한 눈 가진 자를 죽이는 것이 어떠냐?"

한즉 여인이 가로되,

"웃방의 나그네가 아직도 깊이 잠들지 않았은즉 사경(四更)쯤 하여 틈을 보아 죽이는 것이 옳겠소!"

하니 그때 웃방 나그네가 마침 눈 하나 가진 손이었다.

이 말을 듣고 크게 놀라 일어나서 함께 자던 여러 손을 일어나게 하고 큰 소리로 부르짖어 가로되,

"나를 살리시오, 나를 살리시오."

하였다.

내 쥐의 귀부터 고쳐야

어떤 여편네가 음양(陰陽)의 이치를 알지 못하여 스스로 그 지아비를 멀리하거늘, 그 남편의 심중에 답답하여 문득 한 계교를 생각하고, 밖으로부터 바쁘게 들어오며,

"속히 내 도복을 내오라."

하니 여인이 가로되,

"다 헤진 도복을 입고 어디로 가시려오?"

"건넛마을 아무개의 처가 그 남편을 멀리하더니 음호(陰戶) 가운데 쥐의 귀가 나와서 죽은지라, 이제 가서 조문하고자 함이라."

하니 여인이 얼굴빛이 변하며,

"당신은 잠시 기다리시오."

하고 치마 벗고 속옷까지 다 벗은 다음 셔우 머리를 아래로 구부려서 그 음호를 자세히 본즉, 과연 쥐의 귀(鼠耳)와 같은 것이 그 가운데 나 있는지라. 크게 놀라고 황겁하여 급히 지아비

의 손을 이끌어,
 "다른 사람의 죽음을 조상할 것 없이 속히 내 병을 치료하시오."
하였다.

성수패설

더 높되 차이가 없구려

　합천 해인사에 있는 가마솥은 크기로 유명하였고, 안변 석왕사의 뒷간은 높기로 유명하였다. 해인사 중은 석왕사의 뒷간을 구경하러 길을 떠났고, 석왕사 중은 역시 해인사의 가마솥을 구경하러 길을 떠났다.
　그 둘은 가다가 중간에서 서로 만나게 되었다. 석왕사의 중이 먼저 물었다.
　"대사는 어느 절에 계시며, 어느 곳으로 향하시는지요?"
　해인사 중은,
　"소승은 합천 해인사에 있는데, 안변 석왕사의 뒷간 구경차로 이 길을 떠났답니다."
하고 대답하였다. 석왕사 중은,
　"소승은 역시 안변 석왕사에 있는데, 합천 해인사의 가마솥 구경차로 이 길을 떠났답니다."
하고 대답하였다. 그리고 둘은 서로 이르기를,

"우리 둘이 이곳에 서로 만남이 우연하지 않은 일이오."
하고는 꽃다운 금잔디를 자리로 삼아 맞대고 앉아 이야기를 펼쳤다. 석왕사 중이 먼저 물었다.
"대체 귀사의 가마솥이 크기로 유명하니 얼마나 되오?"
해인사 중이 대답하였다.
"그 크나큰 꼴은 과연 말하기에 어렵군요. 지난해 동짓날에 팥죽을 거기에 끓이지 않았겠소. 상좌께서 작은 배를 타고 죽물에 닻을 저어 바람을 일으켜 가더니 여태까지 돌아오지 않았다오."
이 말을 들은 석왕사 중은,
"과연 크도다. 이건 동해보다 더 넓구려."
하고 놀라는 듯이 하였다. 해인사 중은,
"아무리 동해보다 넓기야 하겠소."
하고는 이윽고 석왕사 중에게,
"들은바 귀사의 뒷간이 높기로 유명하다니, 그 높이가 얼마나 되는지요?"
하고 물었을 때에 석왕사 중은,
"그 높이 역시 형용할 수는 없다고 할까요. 소승이 절을 떠날 때는 소승의 사승께서 대변을 보셨는데, 그 덩어리가 아직도 땅에 떨어지지 못하였을 것이라 생각되오."
하고 과장하였다. 이 말을 들은 해인사 중은,
"과연 높긴 높구려. 아마 9만리 장천보다 더 높겠구려."
하고 경탄하였다. 석왕사 중은,
"아무리 그보다 더 높기야 하리요마는 그렇게 차이가 지지는 않을 것이라 생각되오."

하고 말을 끝냈다. 그제야 둘은,
 "이제 이야기를 들어 잘 알았으니, 구태여 가서 보아야 할 것이 무엇이겠소?"
하고는 이내 서로 헤어졌다.

음식 앞에서는 날아다니더니

어떤 샌님 하나가 남의 말과 하인을 빌려 가지고는 사돈집의 혼인 잔치에 참석하였다.

대반상(大盤床)에 가득히 차린 진수성찬을 혼자서 먹고는, 마부에게는 미칠 것이 없어 종일 주린 배로 지냈다.

마부는 비단 배가 주렸을 뿐 아니라 그가 음식을 독점하고 하인을 생각하지 않는 그의 소행에 몹시 분개하였다.

일이 끝나 돌아오는 길이었다. 큰 냇물을 건너게 되었는데, 먼저 말의 고삐를 풀어 놓고는 가만가만 중류에 이르러 채찍을 높이 들어 말을 치매, 말이 거꾸러지자 그 샌님은 물 속에 떨어져 두 손으로 땅을 짚고 엉금엉금 기어 잘 일어서지 못하는 것이었다.

그제야 마부는 붙들어 일으키면서 다음과 같은 말을 남겼다.

"샌님은 음식에는 날더니, 이제 어찌 물 속에서는 날지 못하시오?"

남산의 노래

신혼 첫날밤에 신부가 신랑의 사람됨이 지극히 용렬함을 보고 신부가 신랑에게 가로되,
"내일 이웃 동네 나그네들이 모여서 신랑을 불러 노래를 청할 터이니 노래를 아오?"
"모르노라."
"그러면 내 마땅히 가르치니, 가르침에 따라서 하시라."
"마땅히 시키는 대로 하리라."
신부가 소리를 낮추어 그 노래를 읊어 가로되,
"남산의 신랑이."
신랑이 소리 높여,
"남산의 신랑이."
신부가 낮은 수리로,
"요란하다."
신부가 낮은 소리로,

"건넌방에서 들어요."
라고 하니, 신랑이 또 소리를 높여,
"건넌방에서 들어요."
하니 신부가 기가 막혀 웃으며 돌아누워 가로되,
"참으로 개새끼로구나."
하였다. 이튿날 여러 나그네가 모여 신랑을 불러 가로되,
"신랑이 능히 노래를 하겠느냐?"
"잘하지 못합니다."
"비록 잘하지 못한다 하더라도 괜찮으니 한번 불러 보라."
신랑이 소리를 가다듬어 노래를 읊어 가로되,
"남산의……."
하니 좌중이 다 가로되,
"잘 부른다."
"요란하고나."
신랑이 부르니,
"요란하지 않을 테니 연이어 읊어 보아라."
하고 객이 말하니,
"건넌방에서 들어요."
한즉, 장인이 건넌방에서 대답해 가로되,
"내 들을 테니 잘 불러라."
"참으로 개새끼로구나."
하고 신랑이 대답하니, 좌중이 다 박장대소하고 장인은 하늘을 우러러보며 할말이 없었다.

그것이 들어갔느냐

　늙은 재상 한 사람이 있었다. 그는 귀가 먹고 눈이 혼혼하였다. 어느 여름밤에 달은 휘영청 밝았다.
　밤이 점차 깊어도 잠을 이루지 못하여 지팡이를 이끌고 집 사면을 도는 순간이었다. 안방 뒷면에 한 살평상이 놓여 있고 그 위에 어린 여종 하나가 벌거숭이로 피로를 이기지 못한 채 쓰러져 자는 것이었다.
　그는 가만가만 다가가서 그 하체를 들여다보니 과연 희세(稀世)의 일색이었다.
　그와 같은 늙은이로서도 별안간 가슴에 불꽃이 일지 않을 수 없었겠다.
　그는 곧 용기를 내어 다리를 들어 그 노물(老物)을 집어넣었다. 그녀는 애당초 사내와의 일을 경험히지 못하였을 뿐 아니라 그이 노물도 힘이 없고 보니 어찌 잘 될 수가 있겠는가. 그리하여 그 노물이 살평상 밑으로 축 늘어졌다.

때마침 갓난 강아지 한 마리가 그 밑에 있었다. 그릇 그 노물이 제 어미의 젖인 줄만 알고 곧 연하고 보드랍게 빨았다.
　늙은 재상은 크게 기뻤다. 그러나 그녀는 무엇인 줄 모르는 채 지냈다. 그녀는 곧 그 손부(孫婦)의 교전비(轎前婢)였다.
　그 이튿날이었다.
　그 노재상은 그 어린 여종을 보고 연모해 마지않는 기색이 얼굴에 나타났다. 이렇게 짝사랑한 지도 며칠이 지났다. 온 집안 사람들은 그 눈치를 채고는 서로 이르기를,
　"아버님께서 아무개를 보시고 그다지 연모하는 정을 금치 못하니 그녀로 하여금 하룻밤을 들여보내어 그 연모하시는 정을 위로함이 아들 된 도리에 합당하겠다."
하는 여러 의논이 통일을 보았다. 그녀를 불러,
　"너는 오늘 저녁에 대감께 수청을 잘 드리렷다."
하고 분부를 내렸다. 그녀는 곧 일신을 깨끗이 씻고 노대감 방으로 살며시 들어섰다. 그런 뒤에 아들과 손자들은 그의 노혼하였음을 민망히 여겨 창 밖에 모여 앉아 가만히 그의 동정을 엿보았다. 노대감은,
　"그것이 들어갔니?"
하고 그녀에게 물었다. 그녀는,
　"잘 들어가지 않았답니다."
하고 대답하였다. 이와 같은 문답이 여러 차례나 되풀이된 지가 한참이었다. 그의 자손은 더욱 민망하기 짝이 없어 나지막한 목소리로 그녀에게 조용히 타이르기를,
　"들어간 것처럼 여쭈어 드리려무나."
하였다. 노대감은 다시금,

"이제는 들어갔지?"
하고 물었을 제 그녀는,
 "네, 들어갔어요."
하고 대답하였다.
 노대감은,
 "옳아, 옳아, 기분이 참 좋다."
하고 크게 기뻐하였다.

별난 맛이로고

 온 팔도를 돌아다니는 행상꾼 하나가 있었다. 어느 날 깊은 산중 길을 걷다가 해가 저물어 한 오막살이 집에 들어가 불렀더니 한 여인이 나오는 것이었다. 그는 그녀에게,
 "나는 다니며 장사하는 사람입니다. 이제 해 저물어 이곳에 이르러 묵어 갈 곳이 없으니 하룻밤을 지내고 가게 해주시길 바랍니다."
하고 말을 붙였다. 그녀는,
 "우리 집에 바깥주인이 없어 묵을 수 없답니다."
하고 약간 거절하는 빛이었다. 그는,
 "비록 바깥주인이 없다손 문간에 묵는 것이 무엇이 해롭겠소."
하였더니 그녀는,
 "그럼 임의대로 하셔요."
하고 받아들였다. 그는 곧 봇짐을 문간에 벗어 놓고 앉은 채 날

이 새기를 기다렸다.

 이윽고 울타리 사이에서 인기척이 있기에 눈을 비비고 살펴보니 어떤 갓 쓴 자가 그녀의 방으로 살그머니 드는 것이었다. 이 일을 발견한 그는 발걸음을 가만가만하여 뒤를 따라 그들의 동정을 살폈다.

 그 사내는 갓을 벗어 뜰 밑에 던지고는 문을 닫았다. 그는 갓을 주워 쓴 채 잠자코 들으니 사내 계집이 서로 희롱하는 소리가 난만히 들렸다. 그러는 찰나에 울타리 사이로 발자국 소리가 또 나기에 돌아다보니 어떤 여인이 총망히 와서 불문곡직하고 곧 그의 옷을 이끌고 가는 것이었다. 그는 역시 묵묵히 한 마디 말도 없이 옷을 잡힌 채 그녀의 뒤를 따랐다. 그녀는 방 안으로 들어가 질책하기를,

 "그에게 금줄이 돌렸던가, 은줄이 감겼던가. 김가(金哥)가 계집에 없을 때는 밤마다 가서 자고 오는 것은 무슨 행세야, 빨리 옷을 벗구려. 만일에 김가에 이 일이 탄로나면 반드시 망신당하고 말 것이 아니야."

하고 바가지를 긁었다. 그는 마침내 한 마디 말도 입 밖에 내지 않고는 이불 속으로 들자 계집도 이불 속으로 들었다.

 그녀는 제 사내와 엄청나게 다르기에 일을 잠시 멎고,

 "당신은 누구요?"

하고 물었다. 그는,

 "나를 몰고 올 때에 누구인 줄도 몰랐단 말이냐."

하고 답하였다. 그녀는,

 "누구세요? 우리 바깥주인이 오면 반드시 일이 날 텐테요."

하고 또 물었다. 그는,

"그럼 그만둘까."

하고 답하자 그녀는,

"아니오, 이미 시작한 일을 어찌하오. 다만 재빨리 해주세요."

하고 간청하였다. 그는,

"대체 기분이 어때?"

하고 반문하자 그녀는,

"별세계입니다. 우리 주인이 밤새도록 돌아오지 않는다면 얼마든지 좋겠습니다."

하고 기쁨을 이기지 못하였다. 이렇게 일을 끝냈다. 그녀는,

"이제는 빨리 돌아가시오."

하고 작별의 말을 고하였다. 그는,

"애당초에는 무슨 마음으로 몰고 왔다가 이제는 또 무슨 마음으로 축출하려는 거야. 공연히 몰고 와서 밤중까지 남에게 수고를 끼치고는 빈손으로 돌려보내다니, 나는 결코 그대로 갈 수는 없어."

하고 짐짓 버텼다. 그녀는 몹시 초조하여 상자 속에 간직하였던 피륙 한 필을 내어 주면서,

"빨리 나가시오."

하고 재촉하였다. 그는,

"이따위 피륙 한 필로써 이런 노력의 대가를 치른단 말이냐."

하고 떠나지 않는 것이었다. 그는 할 수 없이 또 한 필을 내어 주면서,

"정이 부족함은 결코 아니지만, 사정이 몹시 초조하니 빨리 자리를 옮겨 주시오."

하고 거듭 애걸하였다. 그는 피륙은 봇짐 속에 넣고서 앉아 날이 새기를 기다리려 하였다. 얼마 안 되어 갓 쓴 이의 그림자가 주인 여자의 방을 떠나 사라졌다. 그녀는 창문을 열고,
"손님은 주무시는지요?"
하고 묻는 것이었다. 그는 서슴지 않고,
"김서방이 돌아올까 하고 밤새도록 지키던 중 아까 보니 갓 쓴 자가 들어오기에 분기가 탱천하여 곧 구타해 쫓으려 하였으나, 아주머니의 안면을 봐서 참았소. 그러나 김서방을 만나면 마땅히 이 일을 고발하려 하오."
하고 노한 어조를 지었다. 이 말을 들은 그녀는,
"이게 무슨 말이오. 방 안으로 들어와 내 말을 들어 보오."
하고 그를 불러들였다. 그는 곧 봇짐을 이끌고 방 안으로 들어섰다.
그녀는,
"아까 온 이생원은 이 동네에 살고 있는 무관한 사람이었으므로 비록 김서방이 집에 있을 제에도 종종 놀러 왔던 것이에요."
하고 변명하는 것이었다. 그는,
"오늘 저녁 그가 와서 놀이한 것은 무엇이란 말이오. 둘이 하는 일을 내가 바깥에서 상세히 들었는데 나를 속이려고 하다니."
하고 벌컥 화를 냈다. 그녀는,
"그런 당신의 성씨는 누구이신지요?"
하고 물었다.
"내 성은 내가(乃哥)요."

하고 답하였다. 그녀는,
 "내서방 이리 다가앉아 내 말을 들으시오. 남이 서로 좋아한 일을 폭로한들 무엇이 유익하겠어요."
하고 그를 무마하려고 하였다. 그는,
 "내게도 무슨 좋은 일이 있어야지."
하고 슬그머니 이끌었다. 그녀는,
 "내서방이니 어찌 좋은 일을 하지 못하겠어요?"
하고는 이내 서로 껴안고 기뻐하였다. 해가 밝은 뒤에 밥을 지어 잘 먹이고 피륙 한 필을 내어 기증하면서,
 "이 물건이 비록 적으나 이것으로 사랑하는 정을 표하는 바요."
하고 그의 노고에 보답하였다. 그는 곧 봇짐을 풀어 면경·참빗·바늘·색실 등을 내어 주었다. 그녀가 그의 봇짐 속에 들었던 피륙 두 필을 보고,
 "이 피륙은 어디서 나온 거요?"
하고 묻기에 그는,
 "품팔이 값으로 받은 것이라오."
하고 답하였다. 그녀는 곧 소매 끝을 잡고 앞날에 다시금 올 기일을 물었다.

한 잔 술에 크게 취하다

 어떤 집에 다만 젊은 내외가 살았다. 남자가 출타하였다가 돌아오면 사람이야 있건 없건 불문곡직하고 그 처의 손을 잡고 옆방으로 들어가 한판 하는 것이 상습이었다. 처는 사람이 없을 때는 상관없지만 혹 손님이 와 있을 때는 대단히 민망한 노릇이라, 그 남자에게 말하였다.
 "여보! 이 다음부터 사람이 있을 때는 그러지 마시고……밥 주……세요. 그러면 제가 옆방으로 들어갈 테니 당신은 뒤따라와 들어오면 남이 볼 때 다만 밥 먹는 줄 알지 누가 그 일 하는 줄 어찌 알겠어요? 그렇지 않아요 응."
 "거 참 좋군요. 그럼 요 다음부터 그렇게 합시다."
 두 내외는 굳은 약속이 교환되었다. 하루는 마침 그 장인이 딸네 집에 오니 사위는 어디 나가고 딸만 있었다. 점심때가 되어서 딸은 아버지를 위하여 극진히 점심상을 하여 갖다 드리니 그 아버지는 맛있게 다 먹었다. 날씨도 덥고 한데 술 생각이 나서 혹 한잔 주었으면 생각하였을 뿐 그 딸더러 술 가져오라는 말은 차마 나오지 않아서 점심상을 물린 후는 덤덤히 앉아 있었다. 얼마 가지 않아 사위가 바깥에서 들어오더니 장인을 보고 반갑게 인사를 하고는, 곧 처를 불러,
 "여보 밥 주!"
하였다. 그러니 그 딸은 옆방으로 들어갔다. 사위도 뒤따라 들어갔다. 장인은 혼자 앉아 생각하기를,
 '흥, 저것들은 그 방에 들어가서 점심을 먹는구나.'
 잠시 후에 내외는 얼굴이 벌겋게 하여 가지고 옆방에서 나오더니 딸은 부엌으로 가서 사위의 점심상을 가져왔다.
 장인은 옆에서 가만히 보고 있노라니 화가 버럭 났다.
 '아! 저년이 제 아비가 술을 좋아하는 줄 알면서 내가 점심 먹을 때는 밥만 주고 한 잔 안 주더니 제 남편이 오니 저희들끼리만 옆방에서 술을 먹는다. 허! 고얀 놈들.'
 마음속으로 끙끙 앓았으나 그것들을 데리고 말하기도 싫어져서 그만 집으로 돌아가고 말았다.
 집에 돌아온 장인은 성을 펄펄 내면서 그 마누라에게 말하였다.
 "여보 마누라, 그년의 집에는 가지도 마오. 남보다도 못하고 개돼지보다도 못하데."
 장모는 눈이 둥그래지면서,
 "왜? 무엇 때문에 그러시오?"
 "여보 아무리 딸자식은 출가외인이라 한들 그럴 수가 있소. 내가 그년의 집에 갔더니 내 점심 먹을 때는 밥만 주고 한 잔 안 주고 제 남편이 오니 옆방에 가서 연놈이 술을 먹고 벌겋게

해 가지고 나오면서 나는 한잔 안 주데. 그런 년이 어디 있는가? 그년은 남보다도 못하니 당신은 아예 그년의 집에는 갈 생각도 하지 마오. 만일 갔다가는 어떤 꼴을 보고 올지 모르오."
 장모는 그 말을 듣고 혼자 곰곰이 생각하였다.
 '아무리 야박하다 한들 그럴 수가 있단 말인가? 영감이 반드시 곡해를 하고 있을 것이다.'
 어느 날 장인이 없는 틈을 타서 장모는 그 딸집에 몰래 갔다. 그리고 딸한테 말하였다.
 "얘야, 네 아버지가 크게 화를 내고 계시니 어찌 그런 일이 있단 말인가?"
 딸은 놀라며 물었다.
 "왜 무엇 때문에 화를 내셨소? 아무것도 잘못한 것이 없는데."
 "얘야 말도 말아라. 그전에 네 아버지가 오셨을 때 너희들만 옆방에 들어가 술을 먹으면서 그렇게 술 좋아하시는 아버지에게는 한 잔도 안 드리셨다면서?"
 그 말을 들은 딸은 짐작이 갔다. 그래서 웃으며 말하였다.
 "아이고 어머니도 세상에 그럴 수가 있겠어요? 아무리 술이 귀하다 한들 아버지를 안 드리고 저희만 먹겠어요."
 "얘야 내가 무얼 아니, 네 아버지가 그러니까 말이지."
 딸은 그 어머니 앞으로 바싹 다가앉으며 소리를 죽여 말하였다.
 "어머니! 그건 그런 게 아니고요. 아버지가 잘 모르시고 그러시는 건데. 그실 말씀드리면……그렇게 되어 낯이 붉어진 것이지 술을 먹어 그런 거가 아니랍니다. 만약 술이 있다면 어찌 아버지께 드리지 않겠어요? 어머니가 아버지에게 잘 말씀드려서 오해를 풀어 주세요. 네."

　장모는 집에 돌아왔다. 해가 진 후에야 장인이 오니 내외는 마주 앉아서 얘기하였다.

　"영감 내 오늘 딸네 집에 갔다 왔소."

　장인은 성을 벌컥 내면서,

　"내가 그년의 집에는 가지 말라고 누누이 말하였는데 무엇하러 갔소?"

　"화는 왜 내시오? 그러지 말고 내 말 좀 듣소."

　장모는 그 딸한테 들은 얘기를 그대로 해주었다. 그제야 장인은 빙그레 웃으며 말하였다.

　"그 일이 그럴 줄 누가 알았겠소? 그러나 그 생각은 참 멋진데? 우리도 밥 한 그릇 먹어 볼까?"

　장모는 웃으며 좋다고 하였다. 일을 마치고 장모는,

　"한 그릇 더 하시려오?"

　"허 이 사람 보게. 노인은 한 그릇에 크게 취하네."

남의 물건은 제대로 돌려주어야

어떤 촌집 아내가 일 주일 만이면 베 한 필씩을 짜서 그의 사내에게 내어 주어 저자에 가서 팔아 오게 하였다. 그러면 사내는 반드시 그 돈으로 술을 마셔 탕진하고는 돌아왔다.
 아내는 매양 이 일로써 사내에게 불평하였다. 어느 날의 일이었다. 또 한 필을 주면서,
 "오늘은 술을 마시지 말고 잘 팔아 갖고 오길 바라오. 번번이 이렇게 한다면 무엇으로써 살림살이를 꾸려 나간단 말이오. 오늘은 꼭 술을 마시지 마오."
하고 거듭 타일렀다. 그 자는 피륙을 갖고 저자로 달려갔다. 피륙은 잘 팔았으나 술은 외상으로 마신 뒤에 돈은 허리에 차고 노끈으로 자기의 귀두(龜頭)를 훑겨 매어서 뒤로 돌려 목덜미에다가 단단히 걸고는 돌아왔다. 이날 그는 비록 크게 취하지는 않았으나, 거짓 크게 취한 것으로 꾸며 헛침을 뱉으며 흩은 걸음으로 들어오는 것이었다. 그 꼴을 본 아내는,

"오늘도 취해 돌아오는 것을 보아서 반드시 베 판 돈으로 술을 마셔 버렸구려."
하고 바가지를 긁었다. 그는 그제야 허리춤에서 베 판 돈을 끌어 내어 보이면서,
"어떤 놈이 베 판 돈으로 술을 마셨단 말이야. 베 판 돈은 긴하게 간직하고 왔어."
하고 목청을 높였다. 아내는,
"그럼 무슨 돈으로 이렇게, 크게 취해서 녹초가 되었단 말이오?"
하고 물었다. 그는,
"술을 보매 의욕이 부풀어올랐으나 돈은 절대로 쓸 수 없기에 내 아랫물건을 뽑아서 전당을 잡히고 술을 마셨지 뭐야."
하고 설명하였다. 아내는,
"이게 무슨 말이야. 빨리 그것을 내어 봅시다."
하기에 그는 곧 바지를 벗어 보였다. 과연 그것이 간 곳 없는 것이 아닌가.
아내는,
"이게 무슨 변괴란 말이야. 그래, 얼마에 그것을 전당잡혔단 말이오?"
하고 깜짝 놀랐다. 그는,
"두 냥이라오."
하고 대답하였다. 아내는 곧 두 냥을 내어 주면서,
"이것으로써 재빨리 가서 물러 오시오."
하고 성화같이 재촉하였다. 그는 두 냥을 받은 그 길로 곧장 술집으로 향하여 외상값을 갚고 다시금 몇 잔을 들이킨 뒤에 관솔

검정으로써 거기다가 칠을 하고 돌아왔다. 아내는 달려들어,
"그것을 물러 왔어요?"
하고 물었을 제 그는,
"도로 찾기는 하였지만, 주막 계집이 그것을 부지깽이로 사용하여 검정이 들었소그려."
하고 대답하였다. 아내는,
"그래, 빨리 내보여 주오."
하기에 그는 서슴지 않고 내어 보이는데, 과연 흉하게 검어졌다.
아내는 치마폭을 이끌어 닦으면서 하는 말이,
"이게 꼴이냐. 이게 무슨 꼴이란 말이야. 남의 물건을 전당잡았다면 잘 보관해 두었다가 돌려주는 것이 옳지 않아. 이게 무슨 꼴이냔 말이야."
하고 종알거렸다.

살고자 하면 살고 죽고자 하면 죽나니

  장주(壯主)가 나들이갔다가 뒤쫓아 돌아와서 부인에게 가로되,
  "내가 오는 길에서 괴상한 일을 보았도다."
  "어떠한 괴상한 일이오?"
  길가에 한 아름다운 계집이 무덤 아래에 있어서 무덤 위를 부채질하매, 괴상히 생각하여 그 연고를 물으니 그 여인이 가로되,
  "지아비가 임종할 때에 첩에게 유언하기를 내가 죽은 후에 그대가 마땅히 새로 시집가기는 갈지나, 무덤 위의 풀이 마르거나 한 연후에 개가하라고 하였으니 지금 부채로써 속히 마르라고 이렇게 하고 있습니다."
  이런 여인이 있었다고 말하니 그 부인이,
  "남편이 죽어 그래도 삼년상이나 치르고 개가하는 것이 용혹무괴(容或無怪)라 할지라도 장사를 지낸 지 얼마 되지 아니하여

부채질로써 풀을 말렸다 하니, 이와 같은 음부(淫婦)는 마땅히 사지를 수레로 찢어 없애는 것이 마땅합니다."
 "부인은 내가 죽은 후에 3년을 지낸 후에야 개가하겠느뇨?"
 "열녀는 두 지아비를 섬기지 않는다 하오니 어찌 개가할 이치가 있으리이까?"
 장주가 그날에 졸연히 중병에 걸려 죽거늘 부인이 시체를 어루만지며 통곡하더니, 그때 마침 한 아름다운 소년이 멋진 얼굴에 동탕하여 푸른 노새를 타고 조그만 동자 하나를 거느리고 그 집 앞을 지나며, 그 통곡 소리의 이유를 묻는데, 부인이 가로되,
 "남편이 죽었는데 염습을 해줄 사람이 없어 애통함이로다."
 "내가 마땅히 염습해 드리리라."
하고 소년이 곧 은자(銀子)를 내어 그 따라온 종으로 하여금 의금관곽(衣衾棺槨)을 사서 잘 염습하여 입관한 후에 뒷밭에 임시 묻어 두고 소년이 부인에게,
 "내 아직 집안사람이 없어 가정의 즐거움이 없으니 그대와 더불어 회로하는 것이 어떠하오?"
하니 부인이 그의 풍채가 훌륭한 것을 사모하여 허락하고, 곧장 그 자리에서 다시 화려한 의복을 입고 화려한 자리를 마련하여 새 서방을 맞이한 지 며칠 만에 소년이 졸연히 중병을 앓아 목숨이 경각에 있는지라, 부리는 종이,
 "낭군의 이 병은 평소에 있는 질병이라, 매양 이 증세가 발생할 때면 곧 사람의 두골(頭骨)을 먹으면 금시 낫는데, 그것을 얻을 길이 없으니 이제 반드시 죽을 따름이로다."
라고 하니, 부인이 묵묵히 한참 생각한 끝에 도끼를 들고 뒷밭

에 들어가 빈소를 깨고자 하거늘, 장주가 졸연히 일어나 앉아 눈을 들고 물어 가로되,

"도끼를 든 자는 장차 무엇을 하고자 하느뇨?"

부인이 창졸간에 어색하여 능히 대할 말이 없다가 얼마 후에 가로되,

"낭군께서 졸지에 중병을 앓아 이곳에 초빈(初殯)하였습니다."

하거늘, 부인의 손을 이끌고 그 방에 들어가니 소년과 어린 종이 다 없는지라, 장주가 가로되,

"내가 만약 죽었은즉 그대가 마땅히 상제 복색으로 애통함이 옳거니와 화려한 옷과 화려한 자리는 어떤 연고인가?"

"아직 개가하지 않았습니다."

"죽어서 초빈에 둔 것도 나요, 밤마다 즐긴 자도 나요. 두골을 먹고 싶다고 한 자도 나니, 부인이 열녀는 두 지아비를 섬기지 않는다 하였으니, 곧 두골을 깨뜨리려고 하는 것이 이 열녀의 행실이겠는가? 무덤 위의 풀을 부채질하는 이가 어찌 열녀가 아니고 무엇이랴."

하였다 한다.

그거나 이거나 마찬가지

며느리와 건넛집 총각놈 김가가 시시덕거리며 노는 꼴을 그 시어머니가 보았다. 시어머니는 며느리를 불러다 앉히고 몹시 꾸짖었다.

"얘, 너는 무슨 일로 그 더벅머리 김가놈과 시시덕거리느냐 말이다. 네 남편이 돌아오면 그저 둘 줄 아느냐? 어디 두고 보자. 원 집이 망할려니 별꼴 다 보겠네."

며느리는 입이 열이라도 변명할 도리가 없었다.

'이르면 차라리 남편한테 사정사정 용서를 빌면 오히려 낫겠지.'

생각하며 시어머니 앞에서는 아무 말도 하지 않고 다소곳이 앉아만 있었다. 그날 늦게 남편이 돌아와도 시어머니는 아들에게 아무 말을 하지 않았다.

'흥, 오늘은 늦게 돌아왔으니까 다음에 이를 모양이지.'

며느리는 남편이 알 때까지 제가 먼저 끄집어내어 얘기하고 싶지는 않으므로 그대로 자 버렸다. 이튿날 남편이 나가고 나니 시어머니는 또 며느리를 불러다 앉혀 놓고 한바탕 꾸중하였다.

그리고 역시 마지막에 가서는 남편에게 일러 혼을 내놓는다고 한다.

그날은 남편이 여느 때보다 일찍이 돌아왔다. 그러나 시어머니는 아무 말이 없었다.

'잊어버렸는가?'

다음날 아침에도 남편이 나가니 역시 마찬가지로 며느리를 불러다 놓고 한바탕 꾸중을 하고는 전날처럼 남편에게 일러 호되게 매를 맞힌다고 하였다. 그러나 그날도 남편에게는 이르지 않았다. 이튿날 역시 며느리를 불러다 앉히고 꾸중을 하고는 입버릇처럼 남편에게 이른다는 것이었다.

'원 별일도 다 보겠네. 이르면 이르든지 꾸중하려면 그 정도 하여 두든지 이래서야 어디 사람이 살겠나?'

며느리는 혼자 수심에 잠겨 이리 궁리 저리 궁리 어쩌면 벗어날까 궁리만 하고 있었다.

시어머니는 한바탕 며느리를 꾸중하고 바깥으로 나가 버렸다.

며느리 혼자 수심에 잠겨 있으니까 건넛마을의 노파가 놀러 왔다.

"자네는 왜 무슨 걱정이라도 있는가? 얼굴에 수심이 가득하네."

며느리는 그 얘기를 할까 말까 하고 망설이다가 결국 얘기하였다.

"기실은 다름이 아니옵고 그 전날 건넛집 김총각과 잠깐 애기하였더니 어머님이 그것을 보시고는 매일 아침 불러다 놓고는 꾸중을 하시니, 그것이 한 번 두 번이 아니고, 벌써 여남은 번은 되었는데, 내일 또 그러실 거고 다음날도 그렇게 할 것이니 언제쯤이나 꾸중을 면하게 될지 그것이 걱정이옵니다."

"자네 시어머니가? 자기는 품행이 단정해서 그까짓 일로 가지고 그렇게 못살게 들볶는다든가? 허 참! 한 번 들어 보게. 자네 시어머니는 말일세, 그전에 젊었을 때 저 건너 김풍헌과 밤낮 없이 미쳐 날뛰다가 그 꼴을 자네 시아버지한테 발각되어 큰 북을 짊어지고 이 마을을 세 바퀴나 돈 것을 생각하면 꾸중할 정신이 어디 있단 말인가? 똥 묻은 개가 겨 묻은 개 나무란다는 것이 이런 것을 두고 말하는 것이로구나. 만일 다시 꾸중하거든 자네는 그 얘기를 하게나."

노파는 그 집 며느리가 희색이 만면하여 기뻐함을 보고 신나게 지껄였다. 그 말을 들은 며느리는 비로소 숨이 놓였다. 이튿날 아침에 시어머니는 며느리를 또 불러 앉혔다. 그러나 그 며느리는 그 전날과 같이 풀이 죽어 있지는 않았다. 시어머니가 또 그 일로 꾸중을 시작하니, 며느리는 그 말을 들을 필요도 없다는 듯이 항변하였다.

"어머니는 무엇이 번듯하시기에 그것을 가지고 이렇게 매일같이 꾸중하시오니까?"

"애야 봐라! 그래 내가 번듯하지 않은 것은 또 뭐 있던가?"

"그럼 그전에 김풍헌과 함께 놀아나다 큰 북을 짊어지고 그것이 무슨 좋은 짓이라고 쿵쿵 치면서 마을을 세 바퀴나 돌아다니셨다면서요. 그것을 생각하시더라도 이것은 너무 심하지 않으시오니까."

시어머니는 완전히 한 풀 꺾였다. 그리고 소리도 작아졌다.
"그 일은 또 누가 너한테 일러 주더냐? 남의 일을 공연히 부풀여 말하는구나. 누가 큰 북을 쳤다고 해. 겨우 누룩장만한 것을 가지고. 또 누가 세 바퀴나 돌았다고 하던가, 겨우 두 바퀴만을 돌다가 그만두었는데. 허 참 괴상한 꼴도 다 보겠네."
시어머니는 더 말이 나오지 않았다. 아니 나오지 못하였다.

모든 것이 내 탓

　서울 사는 유생이 북한사에 가서 공부할새, 그 절에 한 스님이 있으니, 나이 겨우 20에 능히 문자를 알고 백 번 영리하고 백 번 총명하여, 유생이 일의 크고 작은 것을 논하지 않고 다 맡아서 부려 깊이 정이 들었더니, 유생이 얼마 후에 과거에 등제하여 또는 문 밖에 출입하는 길에는 매양 그 스님을 불러서 동행하여 담화하여 서로 말하지 못하는 바가 없거늘, 하루는 마침내 문 밖에 나가서 그 스님을 부른즉 그 절에 있지 않고 다른 절로 옮겨 갔다 하는지라 서로 만나지 못하니 섭섭한 정을 어찌할 수 없었다.
　후일에 경상 감사로 제수되어 순역(巡驛)하고 있었더니 한 스님이 길가에 피하여 앉았거늘 스님은 감사가 누구인지 알지 못하는데, 감사가 본즉 이에 그 스님이라 반가워 불러서 물어 가로되,
　"네가 어디 가 있었느뇨. 오래 보지 못하니 심히 보고 싶었

다."

"소승은 본시 영남인으로 북한사에서 삭발하여 오래 고향에 돌아오지 못하였으므로 고향 근처의 절에 몸을 의지하고 있소이다."

"너 날 따라 오라."

매양 주막에 묵을 때마다 소찬(素饌)으로써 공궤하고 감영으로 돌아옴에 있어서는 밤에 조용히 불러 가로되,

"네가 모름지기 장발퇴속(長髮退俗)하고 여기 같이 있다가 내가 상경할 때에 같이 따라가면, 내 마땅히 좋은 곳에 장가 보내어 성인의 길을 이루게 하고, 너로 하여금 평생에 근심이 없게 해주리라."

하였다.

스님이 제발 사퇴하거늘 감사가 그의 손을 잡고 정답게 물어 가로되,

"네가 이와 같이 고사(固辭)함에 그 뜻을 알지 못하겠으니 자세히 얘기를 하라."

"사또께서 이처럼 정답게 물어 주시는 터에 어찌 감히 제 행실을 말씀하지 않으리요. 소승이 본래 모읍 모촌의 사람으로 어느 곳에 갔더니, 한 청상과부가 남편의 여막(廬幕)에 새 무덤을 지키는데, 한 번 보매 그 모습이 참으로 천하의 절색입디다. 정신과 넋이 표탕하여 능히 억제하지 못하여 강제로 겁탈하고자 한즉 본시 열녀라 죽기를 한사하고 듣지 않는고로, 이에 그의 사지를 붙잡아 매고 강제로 겁탈한 후에 그 묶은 것을 푸니, 여인이 칼을 물고 죽는지라 돌아보지도 않고 달아나다가 어느 주막에서 하룻밤을 드샜는데, 그때 오고 가는 사람들 말이, '어느

곳 묘 지키는 과부가 칼을 물고 죽었는데, 그는 반드시 강간당한고로 그랬을 것이다.' 그 뒤 또 들은즉 관가에서 기찰이 심하다는 얘기를 듣고, 북한산으로 도주하여 삭발하고 색욕을 단념하였으므로 다시는 퇴속(退俗)할 마음이 없습니다."
하니 감사가 그 말을 듣고 그 옥사(獄事)가 여러 등내(等內)에 전해 오매, 아직도 미결중이라 곧 형리를 불러 문안을 들이라 하여 본즉, 중의 말과 조금도 틀리지 않는지라. 곧 그 중을 잡아 내려 꿇리고 분부해 가로되,

"네가 이와 같이 용서할 수 없는 큰 죄를 짓고 내 또한 그것을 밝혀야 할 위치에 있어서 내가 너를 더불어 정이 비록 돈독하다 하나 가히 가볍게 용서할 수는 없도다."
하고 곧 목을 잘라 거리에 내어 걸어 여럿을 경책하여 과부의 원통한 영혼을 위로하여 주었다.

세월이 가도 원한이야 씻기리오

　경상도 밀양 군수가 식구를 거느리고 도임하였는데, 어여쁜 딸이 하나 있었으니 방년이 열여섯이라. 통인 한 놈이 눈앞에 잠깐 보매, 참으로 국색(國色)이라, 여인의 유모에게 많은 뇌물을 주고 정분이 두터워져 할 말 못 할 말 다하게 되었는데, 사또가 감영으로 일보러 갔을 때 통인놈이 유모를 꾀어 가로되,
　"오늘 밤 달빛이 참 좋고 영남루 후원 연못에 연꽃이 바야흐로 만발이오니, 밤 깊은 때 낭자를 이끌고 나와 완상하시면 내가 여차여차히하리라."
하니,
　"규중 처녀가 어찌 감히 바깥 동산에 나갈 수 있겠소?"
　"밤이 깊고 사람이 없다 하나 나와 더불어 함께 간즉 조금도 낭자에게는 손해날 것이 없습니다."
하여 낭자가 부득이 좇아가니, 과연 월색은 낮과 같고 연꽃 향기가 옷을 적시는데, 사방을 돌아보아도 누구 하나 없는지라,

걸음을 옮겨 대밭 근처에 들어갔더니, 유모는 몸을 숨겨 보이지 않고 대밭 가운데로부터 하나의 흉한이 돌출하여 낭자를 끌어안고 대밭 속으로 들어가 강간하고자 하거늘, 낭자가 소리를 높여 크게 꾸짖으며 죽기 한사하고 듣지 않는고로 강간할 길이 도저히 없는지라, 그 자가 곧 칼을 빼어 여인의 가슴을 찌르고 연못 가운데 던져 돌로 눌러 놓았더니, 이튿날 유모가 거짓말을 꾸며 가로되,

"낭자가 간 곳이 없습니다."

하니 아중(衙中)이 크게 놀라 사방으로 찾으나 찾지 못하고 본 사또가 환관하매, 또한 구태여 찾을 길이 없어서 사임할 뜻을 보여 인(印)을 들고 돌아가거늘, 영남은 곧 동헌이라 신관이 도임한 지 얼마 되지 않아 하룻밤에 급사하고 그 후의 신관 또한 이와 같이 되는지라, 영남루를 폐한 지 오래더니 몇 등내(等內) 바뀐 뒤에 책실 이진사가 사처를 영남루에 정하였는데, 관속들이 만류하여 가로되,

"이 다락은 흉당(凶堂)이라 어찌 이곳에 정할 수 있으리요?"

하니 이진사가 고집하여 듣지 않고 그 곁에 촛불을 밝히고 책상에 의지하여 책을 보고 있었는데, 밤이 깊은 후에 슬픈 곡성이 나며 음풍(陰風)이 불시에 일어나고 닫은 문이 스스로 열리며, 한 낭자가 가슴에 칼을 꽂고 유혈이 낭자하여 한 큰 돌덩이를 안고 방 안에 들어오니, 진사는 비록 놀라기는 하였으나 조금도 동요하지 않고 서서히 물어 가로되,

"너는 어떠한 낭자로 어떠한 소회가 있어 왔느뇨?"

하니, 낭자가 눈물을 흘려 흐느끼면서 고해 가로되,

"첩은 전전 등내 아무개의 딸이옵니다. 열여섯에 대인을 따

라 왔으나, 유모가 음특하여 나를 죽림 사이로 유인하였더니, 한 흉한이 돌출하여 여차여차히해서 칼 아래 고혼이 되고 연못 가운데 더러운 곳에 파묻혔으니, 어찌 원통하지 않으리요?"
하거늘 진사가 또한 일러 가로되,
"그 자의 성명을 낭자가 들은 바 있느뇨?"
"성명은 알 수 없사오나 그놈은 지금의 이방이올시다. 엎드려 원컨대 상사(上舍)께서는 나를 위하여 설원해 주소서."
하고는 문득 자취를 감추거늘, 이진사가 그 즉시 사또 자는 방에 가서 사또의 귀에다 대고 지난밤의 지낸 일을 소곤거리니, 곧 이방을 잡아들여 장문(杖問)한즉 낱낱이 자복하거늘, 날이 밝은 후에 연못을 뒤지니 과연 그 가운데 안모(顔貌)가 산 것과 같은 시체가 있었다. 향탕(香湯)으로써 깨끗이 씻고 새로 지은 의상으로써 염습해서 입관한 후 서울 본집으로 운구하고 그놈은 머리를 잘라 거리에 걸어 대중을 경책하였다.

매 맞는 생원

　생원집 동리에 사냥하는 포수의 처가 자못 예뻤다. 생원이 늘 마음에 품고 있었으나, 그의 남편이 언제나 집에 들어박혀 있었으므로 어찌할 방법이 없었다. 하루는 생원이 포수를 불러 물었다.
　"자네는 왜 사냥은 안 가는가?"
　"노자가 없어 가지 못하옵니다."
　"노자는 얼마나 있어야 갈 수 있는가?"
　"많으면 많을수록 좋겠사오나, 아무리 적게 잡아도 열 궤음〔十緡〕은 있어야 하옵니다."
　"어찌 그리 많이 드는고?"
　"비단 노자뿐이 아니옵고 산신제(山神祭)도 지내야 하옵기에 열 궤음도 많지 않으옵니다."
　"네가 집에서 버실퍼실 노는 것을 보니 안타깝구나. 노자는 내가 대어 줄 테니 많이 잡아와서 나와 반씩 나누겠는가?"

"그러시오면 여부가 있사옵니까?"

포수는 대단히 기뻐하며, 열 궤음의 돈을 받아 오기는 하였으나, 생원의 욕심은 사냥한 짐승에 있는 것이 아니라 자기 처에 있는 것임을 알아차리고 곧 한 꾀를 내어 그 처에게 이르기를 나도 이러이러할 터이니, 자네는 이러이러하라고 시켰다. 그 이튿날 포수는 생원집에 가서 생원을 뵙고 하직 인사를 하였다.

"소인은 오늘 떠나오나 집에는 아무도 없삽고 다만 처가 혼자 있사오니 생원님은 괴롭다 하시지 말고 가끔 들리시어 소인이 없는 동안 잘 돌봐 주시면 고맙겠사옵니다."

"그 일은 자네가 부탁하지 않더라도 내가 어찌 게을리하겠는가? 염려하지 말고 다녀오게나."

그날 밤 저녁을 먹고 난 생원은 긴 담뱃대를 비스듬히 물고 뒷짓개를 하여 가지고 어슬렁어슬렁 포수 집으로 걸어갔다.

'계집이 혼자 있으니 설사 오늘 밤은 뜻을 이루지 못할지 모르나 자주 드나들면서 호의를 보이면 마음이 통할지 모르지. 그러나저러나 한 번 가서 동정을 보자.'

생각하고 포수 집에 가니 포수의 아내는 뜻밖에도 상냥하게 웃으면서 인사하였다. 생원은 포수 아내의 미모를 바라보면서 그 인사를 받으니 마음이 흐뭇해졌다.

'내가 바라던 것이 의외에 빠를지도 모르겠구나.'

생각하면서 포수의 아내에게 물었다.

"오늘 주인이 집에 없으니 독수공방이 어렵지 않은가?"

"무엇을요. 생원님 같은 분이 계셔서 놀러 오시는데."

뜻밖의 계집의 말을 들은 생원은 내심 대단히 기뻐하면서 곧 그 방으로 들어가 말로써 희롱하니, 계집은 능수능대(能隨能對)

하였다. 옳지 되었구나 생각하고 손을 잡고 넌지시 하룻밤 쉬어 갈 것을 청하였다. 포수의 아내는 무엇을 가리키며 말하였다.
 "생원님이 저와 자고자 하시오면 저것을 쓰시고 청하시오면 모르거니와 그렇지 않으시면 청을 듣지 못하겠사옵니다."
 "저것은 무엇인가? 그대는 가져와 보라."
 계집은 곧 시렁 위에서 탈〔가면〕을 가지고 와서 생원의 얼굴에다가 씌우기 시작하였다. 상반신을 계집에게 맡기고 비스듬히 누워 물었다.
 "이렇게 쓰면 무엇이 좋으냐?"
 "제 서방과 동침할 때 매양 이렇게 하면 좋거니와 그렇지 못하면 좋지 않으옵니다."
 "네 말이 그러니 하는 수 있는가. 좋은 대로 해 봐라."
 계집은 탈의 뒤끈을 다 풀어 가지고 생원의 옷을 벗기고 계집과 함께 이부자리로 들어가 오매불망하던 계집과 천재일우의 재미를 볼려 하는데, 포수가 뒤뜰에서 커다란 몽둥이를 들고 나오면서 소리 질렀다.
 "어느 놈의 자식이 남의 집 안방에 들어와 남의 처를 행간하려고 하는가? 이러한 놈은 반드시 때려죽여야 한다."
하면서 함부로 벽을 치고 문을 두드리며 방으로 뛰어 들어왔다. 생원은 포수가 옴을 알고 허겁지겁 탈을 벗어 버리고 도망치려 하였으나 탈은 워낙 꽁꽁 묶었으므로 풀지 못하였다. 사정이 너무나 위급하여 옷은 입지도 못하고 벌거벗은 채 탈만 쓰고 도망하였다. 포수는 곧 몽둥이를 들고 뒤따라오면서 연성 고함을 질렀나.
 "도적놈이라! 도적놈이 생원 댁으로 들어간다!"

생원 집에서는 크게 놀라고 온 집안 식구가 내다본즉 웬 놈이 발가벗고 탈을 쓰고 들어오므로 과연 도적놈이구나 생각하고 모두가 몽둥이를 들고 쫓고 있으니, 온 마을이 다 놀라 남녀노소 할 것 없이 달아나면서,

"내다, 내다!"

하였지만 탈 뒤에서 나는 소리를 뉘가 그 시끄러운 중에 알아차리겠는가? 이 사람이 때리고 저 사람이 때리고 늘씬하게 얻어맞은 생원은 그 자리에 쓰러지고 말았다. 쓰러져 있는 놈을 보니, 벌거벗은 놈이라 부녀자는 얼굴을 돌렸다. 그중의 젊은이들이 발로 툭툭 차면서 탈을 벗겨 보고 모두가 깜짝 놀랐다. 꿈에도 생각하지 못할 생원이 아닌가? 생원 집 사람들은 대성통곡하며 곧 방으로 메고 들어가 쌀물을 드리고 사지를 주무르고 하니 겨우 눈을 뜨고 숨을 들이켰으나, 전신은 얻어맞아 형편없었다.

집안 사람들은 그 사유를 생원에게 물었으나 생원은 함구불언하였다.

이로부터 생원은 감히 문 밖을 나오지 못하였고, 언감생심 포수한테 돈을 돌려 달라는 말도 하지 못하여 벙어리 냉가슴 앓듯 끙끙 앓고만 있었다.

하나는 알고 둘은 모르네

한 사나이가 있었는데, 아무것도 하는 일 없이 비실비실 돌아다니며 노는 것이 일쑤요, 그렇지 않으면 낮잠 자는 것이 유일한 일이었다. 그 아내는 타일렀다.

"여보 내 말 좀 들어 보오. 세상에 사람으로 태어나서 아무 하는 일 없이 낮잠만 자니 그 어찌 부끄럽지 않겠소?"

"그럼 무슨 일을 한단 말이오?"

"하다 못해 섶나무라도 하면 빌빌 놀면서 낮잠 자는 것보다 낫지 않소?"

"내 힘으로 어찌 그 무거운 섶을 지며, 비록 지게라 하더라도 아무나 지는 줄 아오?"

"그럼 산에 가서 나무를 베어 가지고 소에 싣고 오면 되지 않으오?"

사나이는 하는 수 없이 도끼를 메고 소를 끌어 산으로 올라갔다. 어슬렁어슬렁 올라가다가 한 곳을 보니, 큼직한 나무 한 그루가 서 있는데, 아래위로 훑어보니 족 곧고 탐스럽게 생겼다 생각하고 가지고 온 밧줄을 내어 소동과 나무둥치와 한데 묶었다.

"이제 되었다. 이렇게 해 두면 이 무거운 것을 내 혼자 메고 소동에 싣지 않아도 되겠다."

혼자 중얼거렸다. 가만히 보니 아주 멋진 꾀다. 혼자 빙그레 웃고 도끼를 들고 나무를 쿵쿵 찍었다. 워낙 큰 나무라 좀처럼 베어지지 않았다.

'응 이렇게 고생할 것 없이 이제 나무도 반쯤은 베어졌으니까 벨 것 없이 소를 후뜰면 소는 힘이 세니까 나무가 베던 곳쯤 해서 부러지겠지.'

생각하고 들었던 도끼를 내려놓고 땀을 씻으며 일어서서 큼직한 나무막대기를 하나 주위 와 가지고 엉덩이를 몹시 쳤다. 소는 얻어맞고 한 소리 크게 지르며 펄쩍 뛰었으나 몸통이 나무에 꽁꽁 묶여져 있으므로 나무만 한 번 흔들하였을 뿐 나무는 부러지지 않았다.

사나이는 이같이 하기를 수삼 차 하였으나 끝내 나무는 부러지지 않았다. 사나이는 그제야 그것이 부질없는 짓임을 알고 한숨을 크게 한 번 쉬고 도끼를 들고 쿵쿵 베기 시작하였다.

얼마나 베었는지 찍찍 소리내며 넘어가기 시작하였다. 이제야 넘어가누나 생각하고 있으니 나무가 넘어가는 가지에 옷이 걸려 번쩍 들리더니 쿵 넘어지는 반동 때문에 여남은 발 저쪽에 사정없이 내어다 던져 버렸다.

이제야 죽었구나 생각하였으나, 다행히도 별로 상한 데는 없었으므로 곧 정신을 차려 가지고 일어나 보니 나무 밑에 소가

깔려 있었다.

 허겁지겁 달려가 보니 소는 잔등이 부러져 죽어 있었다. 소가 없으니 나무는 베어 놓았지만 가져갈 방법이 없었다. 어떠한 묘한 방법이 없을까 하고 머리를 얼싸안고 생각해 보았으나 별 도리가 없었다. 소는 죽었으니 소용없고 도끼만 챙겨 가지고 산을 내려오기 시작하였다.

 '내가 이렇게 된 줄은 모르고 아내는 나무해 가지고 오는 줄 알고 술 받아 놓고 기다릴 게다. 바가지도 제주바가지가 좋다고, 안 하던 일을 하니 동료가 아니냐고 될라고.'

 산길을 몇 번 이리저리 돌아오니 마침 시냇가에 이르렀는데, 보니까 물 가운데 물오리가 몇 마리 떠다니고 있었다.

 '옳지 저놈을 잡자. 잡아가면 아내는 나무해 오는 것만큼이나 반가워할 게 아닌가?'

 생각하고 길가에 있는 큼직한 돌을 들어 던지려고 생각하니 돌을 던지는 것보다 도끼를 던져 그 날카로운 날에 맞아 제아무리 항우 같은 힘이 있더라도 안 죽고는 못 배길 게다 생각하고 쥐었던 돌을 다시 가만히 내려놓고 도끼를 쥐었다. 두 팔에 힘을 모아서 휙 던지니 물오리는 도끼에 맞았는지 안 맞았는지 퍼덕퍼덕 나래 소리를 내면서 날아가 버렸다. 이제는 물오리 아닌 도끼를 주우러 가야 하였다. 사나이는 길에 옷을 말끔 벗어 두고 시냇가로 내려갔다. 한 발을 물에 집어넣으니 물은 몹시 차다. 그러나 소를 잃고 가는 이 마당에 도끼조차 버리고 간다면 아내에게 대할 낯이 없다. 죽기보다 싫은 짓이나 물 속으로 들어가 오리가 놀던 자리에 가서 물 속을 이리저리 다니며, 아무리 찾아보아도 도끼는 모래 속에 묻혀 버리고 찾을 길이 없었다.

'아무리 도끼가 중한들 나보다야 중하겠는가? 도끼는 없어도 안 울지만 내가 죽으면 아내는 울 것이다. 에라 추위 못살겠다. 다시 나가자.'

물에서 나가니 추위는 더욱 심하여 온 팔다리가 쑤시며 아래턱은 덜덜 떨려 잠시라도 그저 있지 못하였다. 허리를 꼬부리고 동동걸음으로 옷 벗어 놓은 곳으로 갔으나 아무리 봐도 옷이 없다. 틀림없이 여기 벗어 놓았는데 생각하고 샅샅이 뒤져 가며 찾아보았으나 어느 길 가던 행인이 주워 갔는지 바람에 날렸는지 보이지 않았다. 그럭저럭 해도 져서 어둑어둑하므로 발가벗은 채 동동걸음으로 달려갔다. 마을에 이르러서는 그래도 혹시 남이 볼까 하고 담 밑을 따라 도둑고양이처럼 살금살금 발소리를 죽이고 겨우 집에 이르니 불도 켜 있지 않았다. 아내는 어디 갔을까? 생각하면서 역시 살금살금 걸어 들어가니 부엌 앞의 장독대에 웬놈이 삿갓을 쓰고 서 있지 않은가?

'아직 밤도 깊지 않았는데 벌써 도적놈이 들었구나.'

생각하고 큼직한 돌을 주워 가지고 가까이 기어가서 사정없이 때렸다. 그랬더니 퍽석 소리를 내고 깨어지는 것을 보니 도적놈이 아니고 장독이 깨어져 장이 마구 흘렀다.

'허! 참 장독에다 삿갓을 씌워 놓는담, 꼭 도적놈같이……'

슬금슬금 마루 위에 올라가 가만히 앉아 생각해 보니 그날 한 일이 모두 어처구니가 없고 말도 안 될 노릇이었다. 그러나 뱃가죽이 등가죽을 업고 있으면서 밥 가져오라는데 더 참지 못하고 언제나 밥을 얹어 두는 시렁 위를 더듬더듬 찾아보노라니 무엇이 쿵하고 떨어지는데 떨어지면서 코와 신(腎)을 베었다.

사나이는 아픔에 참지 못하고 아래위를 두 손으로 움켜쥐고 방으로 뛰어들어가 아이고 신음하면서 쓰러진 곳이 바로 화로라, 아내가 자고 있는 위였으므로 화롯불이 뒤집혀지고 그 위에 얹어 놓았던 된장찌개가 엎어지곤 하여 아내와 화롯불과 된장찌개와 사나이가 뒤범벅이 되어 한바탕 소동을 치고 나니 온몸에 힘이 하나도 없이 탁 풀려 버렸다.

아내가 불을 켜 보니 자기는 옷을 입고 있었으므로 다만 옷만 버리고 별일이 없었는데 그 남자는 발가벗은 알몸에 찌개를 덮어 쓰고 불에 데었고 칼에 베이고 하여 그 꼴이 말이 아니었다. 아내는 어처구니가 없고 기가 막혔으나 아픈 사람을 위로하여야 하였다. 사나이를 요 위에 눕히고 가만히 물었다.

"여보 이같이 늦게 오면서 나무는 어떻게 하셨소?"

"나무는 고사하고 싣고 올 소까지 나무에 칭겨 버리고 왔는걸."

"소가 죽었으면 농 속에 돈이 있으니 내일 장에라도 가서 사면 될 거 아니오. 무슨 걱정이셔요."

"그뿐 아니오. 오다가 물 속에 오리가 놀고 있기에 당신 잡아 줄려고 도끼를 던졌다가 오리도 놓치고 도끼도 잃었소."

"그거야 뭐 걱정할 것 없지 않소. 대장간에 가서 다른 쇠로 새로 만들면 될 것을."

"그뿐인 줄 아오. 도끼를 찾으러 옷을 벗어 두고 물에 들어갔다가 나와 보니 옷을 어느 놈이 집어 가고 없는걸."

"새로 지은 옷이 있으니 내일부터 그것을 입으오."

"그뿐일 줄 아오 또 있소. 장독 위에는 왜 하필 삿갓을 씌워 두었소? 오다가 도적인 줄 알고 들로 때렸더니 부서지더군."

"독도 있고 메주와 소금이 있으니, 다시 담그지요."

"그것뿐이 아니오. 배가 고파 못 견디겠기에 시렁 위를 더듬다가 식칼이 떨어져 코를 베었소."

"잘 먹으면 곧 새살이 차 오르겠으니 그게 걱정이오?"

"그뿐 아니라 신(腎)도 베었소."

이제까지 가만히 듣고 위로하던 아내는 손에 침을 탁 뱉더니 사나이의 뺨을 후려 갈기며 말하였다.

"에끼 이 빌어먹을 자식 같으니라고. 이제라도 썩 나가지 못해!"

지성이면 감천

홍계관은 본디 양주 향족으로서 유복독자(遺腹獨子)였다. 나서 두 눈이 다 보이지 않으므로 그 어머니가 비록 애통해 하였으나 어찌하는 수가 없었다. 그리하여 그 어머니는 생각 끝에 집 뒤에 있는 돌부처에게 조석으로 밥을 떠 놓고 빌고 난 후에야 그 밥을 먹기를 하루도 빼지 않았다. 집이 가난하였으므로 때때로 이웃에 가서 일을 해주고는 밥을 얻어먹었는데, 그럴 때도 반드시 부처에게 먼저 빌고 먹었고, 혹 남의 집 제사 퇴물을 얻더라도 반드시 부처 앞에 먼저 갖다 놓아 빈 후에 먹었다. 이렇게 주야로 빌면서 홍계관이 성인이 되도록 기다렸다. 계관이 나이 15세가 되어서 하루는 꿈을 꾸니, 그 석불이 나타나서 계관에게 이러이러하라 가르치는데 꿈이 하도 신기하고 이상하던 차 이튿날 놀러 나가 문 앞에 앉아 있으니 한 사람이 그 앞을 지나가다가 물었다.

"애야, 너 점칠 줄 아느냐?"

"왜 물으시오?"

"내가 어제 저녁에 매〔鷹〕를 잊어 간 곳을 모르고 있는데, 네가 그 간 곳을 알아 주겠느냐?"

계관이 점을 치는 척하다가 일렀다.

"그 매는 아무 정승 댁 사랑방 벽장 속 깊이 있나이다."

그 사람은 그 말을 듣고 곧 재상 댁으로 달려가서 정승을 만나서 일렀다.

"소인이 어젯밤에 매를 잃고 간 곳을 모르고 있사온데 누가 말하기를 댁의 벽장 속에 있다 하오니 내어 주심을 복망하나이다."

그 재상이 그 전날 어둑어둑할 때 한 매가 날아와 방에 들어옴으로 잡아서 벽장 속에 넣어 둔 것인데 그때 본 사람이라곤 아무도 없는 터라 정승은 이상하여 물었다.

"네 매가 우리 벽장 속에 있다고 누가 말하더냐?"

"아무 곳에 있는 장님 아이 홍계관이가 점을 쳐서 말한 줄로 아뢰나이다."

정승은 그 신통함에 놀라고 매를 내어 주었다. 그 후 얼마 안 되어 정승의 외동아들이 몇 달 동안 시름시름 앓다가 백약이 무효라 거의 사경에 이르렀다. 정승은 홍계관이가 점을 신통하게 치는 것을 익히 아는 터라 하는 수 없이 홍계관을 불러 물어 보았다.

"내 외아들의 병세가 이러이러하여 장차 사경에 이르렀으니, 죽건 살건 어느 때쯤 되면 알겠느냐? 네가 점을 쳐서 알려 다오."

계관은 곧 점을 쳐 아뢰었다.

"병은 곧 나아지겠사온데 다만 아무 약을 쓰시면 차츰 효험을 보아 아무 날쯤 되면 쾌차하올 줄 아뢰나이다."

"네 말이 정녕 틀림없겠느냐?"

"어찌 감히 거짓으로써 대감에게 아뢰오리까."

"만약 병이 나을 것 같으면 후히 상을 주마."

"만일 상을 주신다면 천 냥을 주실 수 있겠나이까?"

"어찌 그 천 냥 돈이 아깝겠냐마는 우리 집 형편이 그 돈을 만들어 내는 데 난감하니 다른 것으로 후히 상을 주지."

"정 그러시면 아무 날 천 냥이 들어오면 주시겠나이까?"

정승이 가만히 생각해 봐도 그날 돈 천 냥이 들어올 곳은 한 군데도 없었다.

"그날 천 냥이 들어오면 네게 상을 주마."

그로부터 계관의 말대로 약을 썼다. 과연 병세가 차츰 나아져서 그날이 되니 병은 쾌차하였다. 정승은 계관의 점에 놀라지 않을 수 없었다.

그 다음에 계관에게 상으로 주마 하였던 돈도 과연 생길 것인가에 대하여 자못 흥미 깊게 기다리고 있으니까 그 재상이 전자에 관리를 전형하여 임관할 때 초사(初仕)하는 사람이 있더니 그 사람이 고을살이를 하게 되어 감사하다는 편지와 돈 천 냥을 보내 왔다. 정승은 그 신통함에 더욱 놀라고 계관을 불러 그 돈 천 냥을 주었다. 그날 밤 홍 계관의 꿈에 또 그 돌부처가 나타나서 말하였다.

"너는 이 돈으로 속수지례(束修之禮. 입문할 때 사장에게 드리는 예물)를 하여 아무에게 가서 글을 배우도록 하라."

홍계관은 그 말대로 얼마 배우지 않아 능통하게 되어 그 점술이 오히려 그 스승보다 나았다. 혹 어려운 일이 있으면 가끔 그 돌부처가 나타나서 가르쳐 주므로 하나도 맞지 않는 것이 없었다. 인조 반정 때 그 정승이 상(上)에게 천거하니 대소사를 막론하고 그 말대로 되었으나 그의 죽는 날만은 몰랐다 한다.

출가외인

황해도 해주에 유(柳)가라는 풍수가 살았는데, 지술(地術)로서는 당대에 따를 사람이 없었다. 그는 마침 두 아들과 딸을 두고 노경에 이르러 죽게 되었다. 임종이 되어서 두 아들은 그 아버지에게 물었다.

"아버지가 지술로써 세상에 널리 알려져서 남에게는 묘 터도 많이 지시하여 주셨는데, 신후(身後)의 땅은 어느 곳에 정하여 두셨습니까?"

"옆에는 아무도 없느냐?"

"다만 집안사람뿐이옵고 타인은 아무도 없습니다."

"이 근처에 두 곳이 있는데, 한 곳은 아무 산 아무 바위 뒤인데 거기에 아무 좌향으로 묘를 쓰면 고관이 많이 나올 것이고, 아무 산에 있는 아무 곳에 아무 좌향으로 묘를 쓰면 부자가 많이 날 것이다."

말을 마친 지관은 곧 숨을 거두었다. 그 지관의 딸은 마침 오씨 집안으로 출가하였다가 부친이 위독하다는 말을 듣고 친정엘 와 있었는데, 우연히 창 밑에 있다가 그 얘기를 들었다. 성복 후에 두 아들은 상의하였다. 그 결과 명관 나는 곳이 부자 나는 곳보다 낫지 않겠느냐는 결론을 얻어 그곳으로 결정하고 날을 받아 굿을 파고 내일이면 하관(下棺)하려는 참이었으므로 두 아들은 산 위에서 밤을 새워 가며 부정(不淨)을 막으려고 만단 준비를 갖추어 대기하고 있었다. 해도 미처 지기 전에 그 누이가 상복을 하고 와서 두 동생을 보고 말하였다.

"너희는 장사를 치르느라고 며칠 동안이나 온통 잠을 자지 못하였는데 오늘 밤을 또 뜬눈으로 세운다면 내일은 손님도 많이 올 터인즉 매우 곤할 게다. 오늘 밤은 집에 가서 자고 새벽에 운구하여 오면 그 동안은 내가 여기서 지키마. 아버지의 상사를 당하여 딸자식도 자식인데 하룻밤 고생쯤이야 하지 않아서 되겠느냐? 여기는 염려하지 말고 내려가 자거라."

두 아들은 의심도 않고 그곳은 누이에게 맡기고 집으로 돌아왔다. 밤 사이에 그 누이는 한 꾀를 내어 밤새도록 물을 길어다가 굴 안에 부었다. 새벽이 되어 두 아들이 운구하여 와 본즉 굴 안에 물이 괴어 있으므로 크게 놀라고 이 땅은 비록 명관 터이지만 이와 같이 물이 나서야 쓰겠느냐 하고 팠던 흙을 도로 넣어 굴을 메웠다. 그리고는 다시 부자가 난다는 곳으로 옮겨 장사를 치렀다. 몇 달 후에 그 딸이 다시 친정에 와서 그 어머니에게 말하였다.

"우리 시부모를 아직 토장하여 두고 완장(完葬)하지 못하여 걱정이온데 아무 곳의 묘터는 물이 나서 못 쓰지만 우리 터수에 그보다 나은 것을 구할 수가 없으니, 거기라도 주시면 감지덕하고 시부모를 모실까 하는데 어머니 의향은 어떠세요?"

그 어머니는 딸의 말을 듣고 두 아들을 불러 놓고 말하였다.

"너희 아버지는 이미 아무 곳으로 모셨은즉 물이 나서 못 쓰는 곳을 네 누이에게 주어 그의 시부모를 완장하게 하는 것이 좋을 것 같은데 너희는 어떠냐?"

두 아들이 생각한즉 이미 안 쓴 곳이라 그러라고 하였다. 그 후에 과연 유씨 네 집에서는 부자가 많이 났고 오씨 네 집에서는 명관이 많이 났다.

교수잡사

어려서부터 맞춘 인연

한 여염집 주인으로 직장이란 자가 종종 왕래하는 참기름 장수 여인과 드디어 서로가 눈이 맞아 매양 그 기회만을 노리더니, 하루는 집안이 텅 빈 데 마침 참기름 장수가 왔거늘, 갖은 말로 꾀어서는 손을 잡고 방으로 들어가 그 일을 벌이게 되었는데, 양구(陽具)가 어찌나 큰지 목침덩이만 하여 참기름 장수는 도저히 대적할 수 없어 겁을 집어먹고는 극환(極歡)을 누리지 못한 채 그냥 빼고 옷을 입고 돌아가니 음호가 찢어져 아파서 능히 감내할 수가 없어 여러 날을 조섭(調攝)하고 있다가 얼마 후에 그 집을 내왕하면서 매양 그 안주인만 보면 웃음을 참지 못하는지라 안주인이 이상히 여겨,

"근래에 그대가 나만 보면 웃는데 대체 무슨 까닭이오?"

"내 죄다 털어놓고 말하리라. 행여 죄책을 내리지는 마시오. 일전에 직장님이 집안에 아무도 없는 틈을 타서 나를 꾀어서 한 번 방사(房事)를 하자고 하기에 박절하게 거절할 수가 없어 부

득이 허락하였더니, 그것의 크기가 고금에 짝이 없는지라 도저히 당해낼 도리가 없어서 나는 좋게도 못해 보고 그것만 중상을 입었으니, 그 후에 주인마님을 보고 그 일을 생각하면 저절로 웃음이 쏟아져 나옵니다. 도대체 주인마님은 어찌 견디시는지요?"

그러나 안주인은 웃으면서,

"그대는 알지 못할 것이라. 나로 말하면 열댓 살 때부터 서로 만나서 작은 음(陰)과 작은 양(陽)이 교합하다가 모르는 사이에 양은 점점 자라고 음 또한 따라 커져서 자연히 그렇게 된지라. 그런즉 도리어 합당하게 되었도다."

"이치가 자못 그럴듯하외다. 내 또한 어려서 서로 만나 지금에 이르도록 습관적으로 쐬이지 못하였음을 한할 뿐이로다."

하니, 듣는 자 허리를 잡쳤다.

소금 장수에게 뺏긴 떡과 아내

 산골의 어느 마을에 한 생원 내외가 초가삼간에서 살고 있었다. 어느 날 저녁에 소금 장수가 와서 하룻밤 자고 가기를 간청하였다. 그러나 생원은,
 "우리 집이 말과 같고 방이 또한 협소한 데다가 안팎이 지척이라 도저히 재울 수가 없소이다."
하고 거절하였다. 그러나 소금 장수도 그만한 거절에 물러나지 않고,
 "저도 빈반(貧班)이라, 소금을 팔아서 근근이 살아가고 있는데 이곳을 지나가다 마침 해가 저물었으니 인가를 찾아 하룻밤 재워 달라고 청하였거늘 어찌 인정 같지 않음이 이럴 수가 있습니까."
 그 말을 듣는 생원은 당연한 사리에 더 이상 거절하지 못하고 허락하였다. 생원이 안으로 들어가 밥을 먹은 뒤 아내에게 말하였다.

"요사이 내가 송기떡이 몹시 먹고 싶은데 오늘 밤에도 송기떡을 해 가지고 당신과 같이 먹음이 어떠하오."

"사랑에 손님을 두고 어찌 우리끼리만 조용히 먹을 수 있어요."

"그건 어렵지 않지요. 내가 노끈으로 내 불알에 맨 뒤에 노끈 끝을 창밖으로 내어놓을 테니 떡이 다 되거든 가만히 노끈을 잡아당기면 내가 일어나서 조용히 함께 먹으면 되지 않겠소."

생원의 아내는 그렇게 하기로 하였다. 원래 이 집이 벽은 창문 하나를 사이에 두고 있는지라. 소금 장수가 옆방에서 귀를 기울여 엿들으니 생원이 나오므로 소금 장수는 먼저 자리에 누워서 자는 척하고 생원의 하는 것을 보고 있었다. 생원이 나와 본즉 소금 장수는 이미 자리에 누워 자고 있으므로 안심하고 노끈으로 그 불알을 매더니 한 끝을 창 너머로 내어 놓고 누워 정신없이 잠이 들어 코를 우레같이 골았다. 그때 소금 장수는 생원이 깊이 잠든 것을 알고 살그머니 일어나서 생원의 불알에 맨 노끈을 풀어 가지고 자기 불알에 매어 놓고 누웠다. 얼마 동안 누웠으니 창 밖에서 노끈을 몇 번 흔들므로 소금 장수는 가만히 일어나서 안으로 들어가 문 앞에 서서 작은 소리로 속삭였다.

"여보, 불빛이 창에 비쳐 혹시 소금 장수가 자다가 깨어나 엿볼지도 모르니 불을 끄오."

"아무리 어둡다고 하지만 손이 있고 입이 있는데 어디 먹지 못하겠소."

생원의 처는 웃으면서 불을 껐다. 소금 장수가 방에 들어가 생원의 처와 함께 송기떡을 먹고는 또한 욕심이 나므로 생원 처를 껴안고 누워서 싫도록 재미를 보고 슬그머니 나왔다.

바깥으로 나온 소금 장수는 곰곰이 생각하였다.
'떡도 먹었겠다, 재미도 보았겠다, 여기 바랄 것은 없다. 더 있다간 탄로가 날지 모르니 에라 빨리 가 버리자.'
소금 장수는 곧 떠날 준비를 하여 생원을 불렀다.
"주인장! 주인장! 벌써 닭이 울었으니 나는 떠나야겠소, 하룻밤 잘 쉬고 갑니다. 후일에 다시 만납시다."
인사도 하는 둥 마는 둥 하고 떠나가 버렸다. 이제야 잠을 깬 생원은 내심 생각하기를,
'닭이 울도록 어찌 아무 소식이 없을까? 떡을 하다가 잊어버리고 자 버린 것이나 아닐까?'
하면서 불알을 만져 보았다. 이 어찌된 일인가. 매어 두었던 노끈이 어느 사이에 풀려지고 없었다.
'내가 자다가 잠결에 벗겨 버렸는가?'
하고 창문을 더듬더듬 더듬어 보니 거기에는 노끈이 그대로 있었다.
'옳지, 떡을 해 놓고 이것을 흔들어 보아도 아무 소식이 없으니까 자 버렸는 게로구나'
생각하고 안으로 들어갔다. 처는 정신없이 자고 있었다.
'이제 소금 장수도 없으니 안심하고 떡이나 먹어 보자.'
하고 그 처를 깨웠다.
"여보! 나는 학수고대 기다리고 있는데 떡은 어찌고 잠만 자오."
처는 눈을 뜨고 빙그레 웃으며,
"무슨 말씀을 하오? 아까 떡도 먹고 그것도 하시고는……. 또 무엇하러 들어왔어요?"

"?"

"아까 들어와서 불을 끄고는 떡을 먹고 그것까지 실컷 하시고는 이제 또 무슨 말씀이오. 그럼 그 사람은 당신이 아니고 귀신이란 말이오?"

처는 사뭇 놀리는 표정이다. 그러나 생원은 더욱 의심이 깊어 갔다.

"그럼 당신이 떡을 해 놓고 노끈을 당겼소?"

"그럼요, 노끈을 당기니 당신이 들어왔지 않아요?"

그러나 그 처가 곰곰이 생각해 보니 이상하였다. 생원은 무릎을 치면서,

"허, 그놈 소금 장수란 놈이 한 짓이로구나. 그 원수놈이 우리 집 마누라와 떡을 훔쳐먹은 게로구나. 허 그놈!"

생원은 화가 치솟아 어찌할 줄을 몰랐다. 그 처는 민망하고 부끄러워 그 순간을 모면하려고 웃으면서 하는 말이,

"그래서 그런지 이상합디다요. 운우(雲雨)의 재미를 볼 때 그놈이 얼마나 크고 좋은지 전과 다르다고 생각하였더니 그것이 소금 장수의 것이었던가 보군요."

생원은 기가 막혀 말이 나오지 않았다.

지혜로운 부인

 외롭게 자란 한 선비가 집안마저 가난하여 나이 20에 영남에서 장가를 갔다. 그의 처가 절세미인일 뿐만 아니라 재주도 비상하여 1년 동안의 생활비는 전부 그의 처가 맡아서 해결하였다. 어느 해 늦은 세말(歲末)에 처가 친정에 다녀오겠다 하거늘, 선비는 허락하여 말 한 필을 구해 부인을 태우고 자기는 걸어서 따라가게 되었다. 5, 6일 동안 가는데, 저녁 때가 되어 어느 주막에서 하룻밤 묵게 되었는데, 밤중에 문득 문 밖에서 사람의 지껄이는 소리와 말 울음소리가 시끄럽게 들리는지라. 선비가 놀라 일어나 등불을 켜고 오똑하니 앉았는데, 갑자기 한 사나이가 많은 부하를 거느리고 선비가 묵고 있는 방 안으로 들어왔다.
 그 사나이의 모습은 나이 30 가량에 매우 준걸하고 거룩하여 품격과 거동이 동탕(動蕩)하고, 몸에는 남천익(藍天翼)을 걸치고 마치 아장(亞將)이나 대장과 흡사하더라. 내외 부하의 그 수

를 알지 못할 정도로 바깥에도 몇 명의 사람 소리가 들려왔다. 선비가 입을 열어 사나이에게,

"그대는 어떠한 사람인데 일찍이 한 번도 면식이 없는 터에다 이렇게 깊은 밤중에 가난한 선비의 방을 찾으셨소?"
하고 선비가 놀란 얼굴로 물으니,

"나로 말하면 산수에 숨어 사는 사람인데, 수하에 거느린 졸도의 수가 천만을 넘고 부귀 또한 방백(方伯)을 부러워하지 않을 만하나, 다만 나이 30에 아직 장가를 들지 못하였는지라. 대개 시골 여인은 가합할 리가 없고 해서 이제 현형(賢兄)이 부인을 데리고 처가로 내려감에, 부인이 아름답고 또한 현숙하기가 세상에 짝이 없다는 소문을 듣고, 이런 말씀은 매우 무례한 줄은 알지만, 형이야 여자들이 많은 곳에서 사니 또 다시 아내 구하기가 어렵지 않을 터인즉 이제 내가 찾는 것은 현형의 아내를 내 처로 맞아들여 산중에서 내조(內助)를 삼고자 함이니 5천 금으로써 원컨대 바꾸는 것이 의향이 어떠한지요?"

"세상에 어찌 백주(白晝)에 남의 아내를 빼앗는 자가 있으며, 또한 어찌 아내를 돈을 받고 파는 이치가 있으리요."

선비는 얼굴이 새파랗게 되어 떨면서 말을 하니,

"형은 어찌 생각이 그렇게 모자라시오. 이런 예는 예의가 아닌 줄 모르는 바 아니나 내가 이미 여기 올 때에 이 말을 하였은즉 어찌 이를 중단할 수 있으리요. 형이 만일 내 말대로 한 후에 이 돈으로써 다시 현실(賢室)을 택하시면 오히려 상처 없이 몸을 보존하여 돌아갈 것이려니와 만약 듣지 않을 경우에는 형은 한 몸이요, 나로 말하면 많은 부하를 거느렸으니, 마땅히 겁탈하여 가지고 돌아가리니, 형의 낭패뿐이고 또한 5천 금도

잃어버릴 터이니, 어찌 생각이 이에 미치지 않는가?"
하고 크게 웃으며 말하였다.
 선비가 놀라 눈물을 흘리던 차에, 벽을 격한 안방에서 갑자기 여인이 선비를 부르거늘 선비가 들어간 후에, 그 사나이가 가만히 벽을 격하여 그들의 말을 들은즉 그 처가 말하기를,
 "이것이 큰 변이니 가히 입으로 서로 싸울 일이 아니오. 또한 힘으로써도 항거할 수 없사오니, 그들이 반드시 큰 도적으로 이와 같이 말한즉 어찌 능히 꺾으리까! 또한 생각하건대 첩이 낭군 집에 들어온 후에 기한을 이기지 못하였삽고, 또한 자녀가 없거늘 저 사람에게 몸을 허락하면 첩도 평생에 부귀를 누리고, 낭군 또한 5천 금으로 다시 현처를 얻으며, 널리 밭과 집을 장만하고, 가히 부잣집 늙은이가 될 터이니, 이것이 어찌 낭군과 첩의 양편이 다 좋은 일이 아니리까? 일이 여기에 이르렀은즉 가히 벗어날 길이 없삽기에, 곧 그렇게 허락하시어 몸 까닭으로 하여 귀하신 몸을 손상하지 말게 하시옵소서."
하고 흐느껴 우는 소리가 슬프기 그지없었다. 선비가 그 말을 듣고 그의 손을 잡고 통곡해 가로되,
 "내 비록 죽을지언정 어찌하여 그대와 생이별하리요."
 "대장부가 어찌 그리 녹록하시오? 첩 또한 즐거운 일이 아니니 속히 나가도록 허락하시오."
하니 선비가 마음에 슬프고 분하여 어찌할 수 없는지라. 밖으로 나오니 그 사나이가 웃으면서,
 "삼산 밖 안의 애기를 들은즉 과연 현부인이라. 그대는 어찌 한때의 정을 금하지 못하고 큰 재화(災禍)를 취하고자 하는고?"
 선비가 맥없이 앉거늘 선비의 처가 종놈들을 불러,

"내 마땅히 장군을 따라 가리라. 머리 빗고 세수하고 새 옷 갈아입을 동안에 너희들은 마땅히 때를 맞추어 교자(轎子)와 하인으로 하여금 기다리게 하여라."

하니 그 사람이 듣고 크게 기꺼워하여, 곧 행구를 대령하고 한편으로 5천 금 돈을 방 안으로 들여오니, 선비가 넋이 몸에 붙어 있지 않은 채 앉아 있었다. 두어 식경 지난 후에 선비의 처가 교자를 타고 나오거늘 여러 도적이 교자를 붙잡고 옹호하여 나오니, 그 사나이가 크게 기뻐 선비를 사별한 후에 함께 따라 가더라. 선비가 통곡하고 다시 안방에 들어와 보니, 처가 전과 같이 단정히 앉아 웃는 얼굴이 기막히게 아름다운지라. 죽은 사람 만난 것 같아 또한 반갑고 또한 놀라며,

"이것이 어찌된 일이요?"

"낭군은 가만히 앉으셔서 제 말씀을 들으시와요. 저도 적이 깊은 밤에 부하를 거느리고 와서 겁탈하여 돌아가면 우리 두 사람이 무엇으로써 면하리요. 저를 5천 금으로써 바꾸자 함은 오히려 선심이오니 허락하지 않사오면 오직 겁탈을 면하지 못할 뿐 아니라 낭군의 신상이 어찌 될지 알지 못하여, 제가 꾸며서 낭군께 청하여 아까 한 말과 같이 도적으로 하여금 마음을 놓고 방심하게 하고자 한 것이옵니다. 제 몸종이 모양이 곱고 나이 또한 첩과 더불어 비슷한지라 급급히 치장하여 치송하였사오니 도적이 반드시 나로 알고 기뻐하리이다. 몸종 아이도 가히 부귀를 얻을 것이요, 낭군은 아내를 잃지 않으시고 또한 많은 재물을 얻었사오니 크게 재산을 늘인지라, 어찌 일이 마땅함을 얻음이 아니오리이까."

"그대의 현지(賢智)는 내가 감히 만 분의 하나도 따를 수가

없소. 꿈에서 깨어난 것 같구려."
하며 아내를 칭찬하니,
 "일이 어찌할 수 없게 되와 부득이하여 조그만 계책을 베푼 것뿐이오이다. 무엇이 그리 칭찬하실 만하겠나이까."
하고 돈을 싣고 시골로 가서 전답을 많이 사서 벼락부자가 되고, 그 후 벼슬까지 높아져서 백수해로하고 자손이 만당하였다.

괘로써 흉을 피하다

    어떤 선비 한 사람이 먼 시골로 떠나게 되었다. 떠나기에 앞서 이웃 동네에 유명한 점장이 맹인이 있다 하여 찾아가서,
    "내가 이번 원지행역(遠地行役)에서 무사히 가서 돌아올 수 있겠는가를 점쳐 보라."
하며 물었더니 점장이 점을 쳐서 점괘를 말하더라.
    "떠난 지 사흘에 대낮에 반드시 횡사하리니 가지 않음만 못하겠소이다."
    "만약 횡사할 줄 안다면 어찌 감히 떠나랴. 다만 볼일이 매우 요긴하니 무슨 피흉면액(避凶免厄)의 길은 없겠는가. 그대는 나를 위하여 모름지기 다시 한 번 점쳐 보아라."
하는 간청이 지극함에 맹인이 다시 점친 후 반 식경이나 생각하고 난 뒤에,
    "다만 한 번은 액을 면하고 무사히 돌아올 길이 있으니 모름지기 스스로 생각하여 가히 도모하면 길을 떠나가도 무방하겠

나이다."

"차례로 말해 보아라. 죽음에서 생을 구함이 어찌 능히 도모하지 못할 일이겠냐?"

"떠나서 사흘째 되는 날, 날이 밝을 무렵에 길을 가다가 처음 만난 여인을 기어이 간통하면 스스로 무사하리다."

선비가 명심하더니, 길 떠난 지 과연 사흘 되는 날에 일찍 떠나서 3, 40리 길을 간즉, 한 여자가 길 옆의 우물가에서 빨래하는지라. 처음 보매 상가(喪家)의 여자 같았다. 이에 말에서 내려 노방(路傍)에 앉아 있으니 얼마 후에 여자가 일어나 돌아가거늘 선비가 그 종에게,

"너는 말을 끌고 주막에 가서 말을 먹이고 쉬고 있으면 내가 잠시 볼일이 있어 오늘 저녁이나 또는 내일 아침에 가리니, 너는 모름지기 기다리라."

종이 말을 끌고 먼저 주막에 간 후에 선비가 이 여인을 따라간즉, 반 식경쯤 간 곳에 한 옥에 들어가거늘 선비가 뒤를 따라 문으로 들어가니 고요하며, 한 사람도 없어 문정(門庭)이 쓸쓸한지라. 여인이 돌아다보면서 괴상히 여겨,

"어떠한 양반이 나를 따라왔습니까?"

선비가 아무도 그 안에 없음을 보고 이에 무릎을 꿇고,

"내가 대단히 민박(憫迫)한 사정이 있어 그대에게 애걸하노니 즐거이 좇겠습니까?"

"과연 무슨 일이오이까?"

"내가 지금 천릿길을 떠났는데, 떠날 때 길흉을 점친즉 오늘 길 가운데서 처음 만나는 여인을 한 번 상관해야만 가히 오늘의 횡사를 면한다 하니, 오늘 처음 만난 여인은 곧 그대인지라. 그

대를 잠깐 본즉 사람 됨됨이 지중지귀(至重至貴)하거늘, 바라건대 그대는 장차 죽을 이 사람의 생명을 살리기 위해 이 마음의 염치없음과 그대 마음의 음덕(陰德)은 마땅히 다시 어떻다 하랴."

여인이 말없이 깊이 생각하다가 잠시 후에,

"내가 비록 민간의 상놈의 딸이지만, 일찍이 이와 같은 난잡한 행동이 없었사오니, 양반의 정상을 들으니 결코 색(色)을 취해서가 아니요, 남편이 멀리 떠나 없고 첩이 혼자 있으니, 한 사람의 목숨을 구함은 또한 좋은 일이나, 다만 백주에 몸을 허락함이 몹시 부끄러우니, 머물러 기다리시다가 밤에 하심이 어떠시오?"

한데 선비가 심히 기뻐 앉아서 기다려 밤이 되매, 서로 간통하고 새벽에 일어나 작별할 때 10냥의 돈을 주니, 여인이 받지 않고,

"내가 한 번 몸을 허락하였음은 곧 사람을 살리려고 하였을 뿐이라, 어찌 가히 물건을 받으리요. 돌아가시는 길에 반드시 찾을 필요가 없겠습니다."

하니 선비가 기특히 여기고 이별한 후에 먼저 주막에 간즉 종이 문을 열고 맞이하여 절하면서,

"어제 10여 리를 가서 돌다리에 이른즉 돌다리가 갑자기 무너지며 말이 물 가운데 떨어져서 바위와 돌 사이에 부딪쳐 허리가 부러져 죽으니, 소인이 경황하여 어쩔 줄을 몰라 말을 가까운 마을에 팔고, 빈 몸으로 왔은즉 낭패가 적지 않습니다."

하니 선비가 또한 어찌할 길이 없어 말을 세내어 왕래하였다.

만일 그날에 여자 때문에 지체하지 않았던들 다리가 무너지고

말이 떨어질 때에 반드시 죽음을 면하지 못하였으리라. 맹인이 당일에 처음 만난 여인을 점쳐 얻은 것은 바로 이렇게 지체하여 흉을 피하게 함이니 어찌 신험(神驗)이 아니리요.

이로써 보건대 흉을 피하고 길하게 나아가는 것이 정녕코 있으나 어찌 그와 같은 신복을 쉽게 얻으리요.

신비한 점괘

한 선비가 있었다. 나이 80에 아들 하나를 두어, 그 아들 나이 6, 7세 되니 잘생긴 얼굴이 출중하여 심히 애지중지 길렀더니 하루는 우연히 귀신처럼 잘 알아맞히는 점장이 소경을 만나 그 귀여운 아들의 수요(壽夭)를 물으니 소경이 말하기를,

"이 아이는 15세만 지나면 과연 귀하게 될 인격인데 처를 얻자 얼마 후에 반드시 횡사하리다."

하고 점괘를 말하니,

"이미 귀하게 될 품격이 있을진대 또한 어찌 횡사할 이치가 있으리요. 무엇으로써 가히 횡액을 면하리이까? 원컨대 가르쳐 주소서."

하고 크게 두려워 말하니,

"천기(天機)는 누설하기 곤란하오. 그대의 정상이 가긍하고 아이 또한 가히 아까우니 내 마땅히 화를 면하는 계책을 지시하리이다. 이 아이가 혼인을 치른 후에 사흘 동안은 절대로 처가

에서 자서는 안 되며, 조석의 밥과 심지어는 물 한 모금까지도 처가의 물을 마셔서는 안 되며, 또 왔다갔다 하기만 하여도 자연히 앙화가 있으리라. 또한 여기 작은 그림 한 폭을 줄 테니 절대로 열어 보지 말고 단단히 주머니 속에 넣었다가 만약 위급한 때를 당하거든 꺼내어 보면 마땅히 화를 면할 수 있는 도리가 있으리니 반드시 명심하여 주머니 속에 간직하게 하소서."
하니 선비는 명심한 후에 또한 그 아들을 계칙(戒飭)함이 절절하였다. 과연 15세가 되자 권력 있는 재상의 사위가 되었다. 대례의 날에 신랑이 점심과 저녁밥을 다 함께 먹지 않고, 또한 밤에도 신부의 집에서 유숙하지 않고 집으로 돌아왔다. 가끔 처가를 다녀올 뿐이고 신부와 잠자리는커녕 처가에서는 물 한 모금도 마시는 일이 없었다.

이에 장인·장모는 크게 노하고, 신랑을 의심하게 되어 일가 상하가 놀라지 않은 이가 없었다. 혼인을 치른 지 열흘쯤 지난 어느 날 밤, 신부가 배에 예리한 칼에 찔려 유혈을 온 방 안에 그득하게 흘려 죽은지라, 온 집안이 통곡 황황하여 그 연고를 알지 못하더니, 중의(衆議)가 모두,

"신랑이 혼인한 날로부터 먹지도 않고 자지도 않더니, 이는 반드시 곡절이 있는 것이라. 이번 이 뜻밖의 변괴의 원인은 틀림없이 신랑에게 있다. 만약 스스로 와서 행한 짓이 아니면 반드시 사람을 보내어 죽인 것이라. 불가불법에 고소하여 엄하게 밝히면 단서를 얻으리라."
하니 장인이 또한 의심을 하여 한 쪽으로 정장(呈狀)하며 한 쪽으로 추판(秋判)에 일러서 엄혹히 밝히라고 명하였거늘, 형조가 발차(發差)한 후에 신랑을 잡아 와서 그 처가에서 숙식하지 않

은 이유를 힐문하여,

"이제 신부가 칼 맞고 죽은 것이 틀림없이 네 행사라. 이 정장 있는 것이 또한 괴이할 것이 없으니, 이것이 의옥(疑獄)의 큰 것이라. 실지를 고하라."
하며 이어 위엄을 갖추어 물으니,

"처가에서 숙식을 하지 않은 것은 어떠한 연고인지는 알지 못하고, 친교(親敎)를 좇았을 뿐이요, 신부의 참사는 실로 의외의 일이라 범한 바 없으니 무엇으로써 직고하리요."

추조(秋曹)가 엄형으로써 묻고자 하여 이내 형구를 갖추니, 신랑이 어찌할 바를 몰라 통곡발명하여 장차 그 형벌을 면할 길이 없더니, 홀연히 마음속으로 맹인이 준 그림을 생각하고 이어 주머니에서 꺼내어 봉한 것을 뜯어 큰 소리로,

"원컨대 법부(法府)는 이것을 보시고 처분을 내리소서."
하니 형관(刑判)이 그것을 바라본즉 곧 누런 종이 위에 개 세 마리를 그린 것이라. 묵연히 심사묵고하기를 반식경에 형리들을 불러,

"너희가 신부집에 가서 전갈한 후에 그 집의 족척은 물론이요, 문객과 종의 무리 가운데 만약 황삼술이란 자가 있거든 불러 보내라고 말하고 만일에 현장에 있거든 데리고 올지어다."
하니 형리들이 곧 신부의 집에 와서 전갈하니, 종놈 가운데 과연 황삼술이란 자가 있는지라. 형리들이 데리고 와서 고하니, 추판이 곧 잡아들이게 하여 정색하고,

"네 죄는 네가 마땅히 알 것이니, 감히 숨길 수 없으리라. 내 이미 밝게 알고 있으니, 일일이 바로 아뢰고 소년 양반으로 하여금 횡액하게 하지만 않으면, 너 또한 견디기 어려운 악형은

받지 않으리라."

"소인이 반드시 죽을 죄가 있어서 이렇게 밝게 물으시는 바에 어찌 감히 일호인들 속일 수 있으리까. 소인이 일찍이 그 댁의 소저로 더불어 잠통(潛通)한 일이 있사와 약속하기를 혼례한 후로 신랑을 모살하고, 가만히 함께 도망하여 백년을 해로할 뜻으로 금석(金石)의 언약을 하였삽더니, 의외에 신랑이 초례만 지낸 후로 한 번도 처가에서 유숙하지 않을 뿐 아니라 음식과 수장(水漿)까지도 조금도 접구(接口)하지 않아 이로 인하여 찔러 죽이거나 독살할 기회가 없었습니다. 이러한 때에 소저 또한 가로되, '지나간 불미한 일은 후회막급이라, 이제 이미 적당한 사람을 만났으니 어찌 감히 계속 음탕한 일만 일삼으랴' 하고 소인을 거절한 후에 가까이 오지도 못하게 하니, 소인이 통분함을 이기지 못하여 과연 어느 날 밤에 가만히 들어가 찔러 죽이니, 하나는 약속을 어긴 분함을 설원함이요, 하나는 신당에게 그 재화가 옮겨 가게 하고자 함이니, 이제 천신(天神)이 죄를 주어 악한 일을 발로하였은즉 이 밖에 다시 사뢸 말씀 없사옵니다."

추판이 크게 노하여 곧 그 자를 박살하고 신랑을 석방하니 대개 황지에 개 세 마리를 그린 것은 황지는 황씨 성을 가리킴이요, 술자(戌字)는 곧 구자(狗字)와 더불어 뜻이 같으니 이로써 보면 어찌 황삼술이 아니랴. 맹인의 이와 같은 신복(神卜)이 세상에 드문 바요, 추조(秋曹)의 이와 같은 판단 또한 뛰어나 밝음이라, 맹인의 미리 점친 것과 추당(秋堂)의 곧바로 해석하였음이 가히 신명(神明)이니 만약 이와 같은 영복(靈卜)을 얻으면 일반 운수를 어찌 가히 알 수 없으리요.

서울 사람의 앙갚음

　서울에서 사는 한 사나이가 있었다. 그는 성품이 교활하여 주위 사람들이 몹쓸 사람이라 일컬었다. 어느 날 그 사나이가 고향으로 내려가다가 길가에서 배〔梨〕 장수를 만났다.
　"여보시오, 배 몇 개만 먹어 봅시다."
하고 청하였으나 인색한 배 장수는 들은 척도 아니하였다.
　"당신 어디 두고 보자, 꼭 앙갚음을 하고 말 터이니……."
하고는 배 장수보다 한 마장쯤 앞서 가다가 길 저쪽 논 가운데서 남녀 수십 명이 모여 모내기를 하는 것을 보고 그쪽을 향하여 큰 소리로,
　"저쪽 세 번째 아가씨가 제일 어여쁘니 오늘 밤 나하고 잠자리를 같이 하는 게 어떠시오."
하고 희롱하니 여러 사람들이 이 소리를 듣고 크게 화를 내어,
　"어떤 미친 놈이 와서 희롱하느냐? 저놈 잡아라!"
하면서 쫓아오거늘, 그 사나이는 재빠르게 언덕을 뛰어넘어 그

아래에 앉아 한 손을 쳐들고 크게 소리치며 가로되,

"배 장수 형님! 빨리 오시오, 빨리 와요."

이 때 마침 배 장수가 모내기를 하고 있는 논 근처를 오고 있었다. 모내기를 하다 화가 난 농부들이 쫓아오다 형님이란 말을 듣고 배 장수의 덜미를 끌어,

"너 저놈의 형인 모양인데, 네 아우의 죄는 네가 마땅히 당해야 할 것이다."

하며 억센 주먹과 발길이 우박처럼 쏟아졌다. 몸에는 성한 곳이 없고, 옷은 갈기갈기 찢어지고, 배는 땅바닥에 깨지고 흩어졌다. 배 장수는 갑작스러운 봉변을 당하고 애걸하면서,

"제발 내 말 좀 들어 보시오. 저 언덕 아래에 있는 놈은 본시 내 아우가 아니올시다. 조금 전에 길가에서 처음 만났는데 그놈이 배를 달라기에 거절하였더니 이에 앙심을 품고 여러분을 속여 나를 괴롭히니 나는 아무 죄가 없소이다."

여럿이 그럴싸해서 매를 그치고 돌아간 뒤, 배 장수는 겨우 일어나 흩어진 배를 주워 모으니, 언덕 아래에 숨어 있던 사나이가 머리를 쳐들고 하는 말이,

"그대가 배 두어 개를 아끼더니 이제 어떤고."

배 장수 화가 치밀었으나 참았다. 이 때 그 앞을 흰말을 타고 지나가는 역졸이 있었다. 사나이는 말고삐를 붙잡고 청하기를,

"내가 여러 날 길을 걸어 발이 콩멍석이요 다리가 아파 주겠으니 다음 주막까지만 잠시 말을 빌림이 어떠한가?"

"너는 어떤 위인인데 말을 타고자 하느뇨? 나 또한 다리가 아픈즉 다시는 그 따위 미친 수작 마라."

"네가 감히 허락하지 않으니 네 마땅히 너로 하여금 봉변하게 하리라."

하고 눈을 부릅뜨고 말하니,

"시러배아들놈!"

하고 웃고 가거늘 사나이가 그 뒤를 따라 역졸이 주막에 들어간 것을 보고, 그때 마침 주인 여자가 방 가운데서 바느질하는 것을 보고 창 밖에 서서 가로되,

"낭자여, 내 마땅히 밤 깊은 후에 와서 한판 하리니, 이 창문을 열고 나를 기다리라. 나로 말하면 아까 여기 흰말을 타고 와서 건너 주막에 와서 자고자 하던 사람이라."

하니, 여인이 크게 놀라고 노하여 곧 그 말을 남편에게 고하니, 남편이 대로하여 그 아들과 동생들을 거느리고 주막으로 달려 들어, 아까 흰말을 타고 온 사람을 찾으니, 역졸은 무슨 일인지 알지 못하고 응한즉 세 사람이 죄를 꾸짖으며 어지러이 후려치니, 온몸이 중상이라. 주막 주인이 구해 내며,

"이 사람은 저녁에 우리 집에 들어온 후 아직까지 창 밖에 나가지 아니하고, 잠만 자고 있었으며 천만 애매하니 이는 반드시 그릇됨이라."

여러 손님의 말이 또한 그와 같았으므로, 반신반의하여 간신히 풀어 주니, 이튿날 아침에 사나이는 먼저 길을 떠나서 몇 리 밖에 가서 길가에 앉았는데, 그때 역졸이 기운 없이 말을 타고 오거늘 사나이는,

"네가 어제 내게 말을 빌리지 않더니 지난밤 액땜이 과연 어떠하뇨? 오늘에 또 만약 말을 빌리지 않으면 마땅히 이와 같은 일을 또 한 번 당하게 하리라."

하니 역졸이 크게 두려워 말에서 내려 잘못하였음을 빌며, 하룻동안 말을 빌려 주었다.

어수록

도사와 기생

서관문관이 본부 도사가 되어서 장차 임소(任所)에 부임할 때에 한 역에 머무르게 되었는데, 이튿날 아침 말을 바꾸어 타니 마상(馬上)이 요동하여 능히 견뎌 앉아 있을 수가 없거늘 급창(及唱)이 가만히 도사에게 고해 가로되,
"만약 역장한(驛長漢)을 엄히 다스리지 않으면 돌아오실 때에 타실 말을 또한 이와 같이 하리니 안전하게 오직 소인 거행으로 쫓게 하시면 원로 행차를 평안히 하시게 되오리다."
도사가 허락하였더니, 급창이 사령을 불러 그 역의 병방과 도장을 결장(決杖)하고,
"별성(別星) 행차의 앉으시는 자리를 어찌 이와 같은 용렬한 말을 내었는고? 이 말은 앉을 자리가 불편한고로 곧 다른 말로 바꾸어 드리라."
하고 호령하니, 역한이 과연 준총(駿驄)으로 바꾸어 오니, 도사가 가만히 생각하기를, 상경 왕래할 때에 또는 세내고 또는 빌

린 말로써 사족(四足)은 갖추었으나, 내가 감히 말을 가려 타지는 못하였더니, 오늘 준구(駿駒)는 평생에 처음 보는 것이다. 많은 날을 허비하지 않고 도내(道內)에 다다른즉 도내 수령이 다담상을 차려 내오고, 수청 기생을 보내옴에 도사는 일찍이 기생을 본 일이 없는 위인이라.

"저 붉은 치마의 여자가 어떠한 일로써 여기에 왔는고?"
하니,
"본부(本府)에서 보내온 수청 기생이옵니다."
라고 급창이 대답하니,
"그러면 저 여인을 무엇에 써야 되는고?"
"행차하시는 데 더불어 동침하심이 좋으실 것입니다."
"그 여인 반드시 지아비가 있으리니 후환이 없겠느냐?"
"어느 고을에서나 기생을 둠은 나그네를 접대하기 위함이오니, 그 지아비가 비록 있다고 할지라도 감히 어찌 못할 것이로소이다."
"좋고 좋도다……."
곧 불러 방으로 들게 하니 가만히 급창을 불러 귀에 소근거리기를,
"저가 비록 여인일지나 이미 하속인(下屬人)이니, 불러 함께 앉는 것이 능히 체모를 손상하지 않겠는가?"
"기생승당(妓生昇堂)은 원래 하나의 예사로 되어 있는 것입니다. 재상 사부라도 많은 기생과 함께 자는 것인즉 기생이 청하(廳下)에 눕고 몸은 당상에 계시면 거사를 어찌하리까."
도사가 드디어 기생과 자리를 함께 할새, 닭이 개 보듯 하며 개가 닭 보듯 하여 마침내 능히 한 마디 말도 교환함이 없거늘

조용히 훔쳐본즉 두 눈이 서로 부딪치기는 하나, 도사가 문득 목을 낮추어 기생을 보는지라. 이와 같이 할 즈음에 밤이 이미 삼경이 된지라. 기생이 먼저 묻기를,

"진사님께서 일찍이 방외범색(房外犯色)이 있으셨습니까?"

"다못 내 가인(家人)이 길이 집안에 있을 뿐 아니라, 비록 잠깐 밖에 나가는 일이 있더라도, 어찌 가히 쫓아가서 밭과 들의 사이에서 행사할 수 있으랴. 감히 이 따위 말은 삼가라."

"일찍이 다른 사람의 처와 동침한 일이 있습니까?"

"옛말에 내가 남의 처를 훔치면 남도 내 처를 훔친다고 말하였으니, 내가 어찌 이와 같은 옳지 못한 일을 하겠는가?"

하니 기생이 낙담하여 다시 더 말하지 아니하고, 촛불 아래서 손으로써 베개를 하여 누워서 자다가, 잠이 깊이 들새 땅에 엎드려 자니, 숨소리가 잔잔하고 눈썹이 아름다우며 분칠한 눈자위가 희고, 입술이 붉으며 바로 장부로 하여금 가히 넋이 혼미해지고 마음이 방탕해지게 하는지라. 도사가 한 번 돌아보고 두 번 돌아볼새, 블 같은 마음이 자연히 선동하는고로 곧 일어나 끌어안으니, 그것은 마치 주린 매가 꿩을 채 가는 것과 같은지라. 기생이 놀라 일어나 손을 떨쳐 가로되,

"행차하심은 이것이 무슨 일이오니까?"

"네가 말하지 말라. 내 급창이 말하는 가운데 기생은 이 행객과 동침하는 것이라 하더라."

기생이 이 말을 듣고 크게 웃었다. 도사가 가로되,

"너도 또한 좋으냐?"

하고 드디어 끌어안고 구환(求歡)하여 촛불 아래에서 일을 시작할새, 운우(雲雨)가 이미 끝나거늘 도사가 이와 같은 희음(戱

淫)은 평생에 처음 맛보는 일이라, 스스로 부끄러운 마음을 이기지 못하여, 얼굴에 홍조(紅潮)가 오르고 수족이 떨리며, 초초한 행사는 푸른 잠자리가 물을 차는 것과 같은 바쁜 탯갈이라, 기생이 그 거조를 보니, 아직도 이러한 일을 만약 하지 못한 촌부(村夫)와 틀리지 않는지라 경험 음사(淫事)의 가지가지 재주를 다 부려서 그 흥을 흡족하게 해준다면 마땅히 별별한 알음소리가 있으리니 드디어 기생은 달려들어 도사의 허리를 안고 다시 거사하게 함에 입을 맞추고 혓바닥을 빨며, 또한 체질하듯 흔들어서 허리를 가볍게 놀려 엉덩이가 자리에 붙지 않는지라. 도사의 정신이 흩어지고 영혼이 날아가서, 이어 중간에서 토설(吐泄)하니, 긴 소리로 종을 부른즉 하인들이 계하에 기다리는지라 도사가 분부해 가로되,

"기생차지(妓生次知)의 병도장(兵都長)을 성화같이 잡아오는 것이 옳으니라."

하니,

"역에 병도장이 있거니와 기생 차지는 수노(首奴)입니다."

하고 급창이 말하고 드디어 수노를 잡아다 크게 꾸짖어 가로되,

"네 무리가 이미 기생 하나를 보내어 행차소에 대령하게 하였은즉, 마땅히 배 위에서 편안하게 하는 기생으로써 대령하게 함이 옳음이로되, 이제 이 기생으로 말하면 왼쪽으로 흔들고 오른쪽으로 움직이며, 다못 배 위에서 불편할 뿐 아니라 입술을 맞추고 혓바닥을 빠는데 이래서야 어찌하랴?"

하고 수노란 놈을 때리라고 명하였는데, 수노가 슬프게 간청하여,

"말 위에 앉으셔서 편안하게 오시는 것은 역 등의 차지(次

知)니, 그 잘못은 이 병도장(兵都長)의 부동(不動)의 죄이거니와 소인을 꾸짖은즉 기생 차지인고로 그 용무를 보아서 수청을 받들어 모시도록 정하였을 따름이요, 잠자리할 때에 요동하는 악증(惡症)을 어찌 알 수 있겠습니까? 소인은 아무런 죄도 없습니다."

하고 말하니, 행수 기생이 웃으면서,

"소녀가 마땅히 실정(實情)을 아뢰오리이다. 마상(馬上)의 불편은 말의 네 발에서 나온 병이요, 기생의 허리 아래 움직임은 이름하여 가로되 요본(搖本)이니 이는 곧 남자에게 흥을 돕기 위함이옵지 결코 병통이 아니옵니다. 입을 맞추고 혀를 빠는 것은 바로 봄비둘기가 서로 좋아하는 형상과 같은지라, 결코 맹호(猛虎)가 개를 잡아먹는 뜻과는 천양지차입니다."

하고 아뢰니, 도사가 그제야 알았다는 듯,

"정말 그러하냐?"

이 때 하인들이 전부 물러가는지라. 다시 한판〔一局〕을 차리니 기생이 다시는 일푼의 동요도 없거늘, 그때야 도사는 비로소 요본의 효험이 응을 돕는 데 있는 줄 알고 여러 번 애걸하여 기생이 전과 같이 요본한즉, 도사가 바야흐로 맛이 좋은 것을 알고 기쁘고 즐거움을 이기지 못하여 이튿날 아침에 일어나서 머리 뒤통수를 연방 치면서,

"내가 30년 동안이나 행방(行房)해 보았어도 이와 같이 절묘한 재미는 보지 못하였으니 내 여편네란 사람은 부녀자로서 마땅히 행향 요본이란 것을 모르는지라. 가히 탄식할 만한 존재밖에 안 된다."

노파, 순찰사를 속이다

한 순찰사가 장차 도내(道內)에 대촌(大村)의 뒷산에 아비 무덤을 쓰려 하거늘 촌민이 걱정하지 않는 자 없으니 위세를 겁내어 입을 열어 말하는 자 없고 나날이 으슥한 곳에 모여 앉아 함께 의논하기를,

"순찰 사또께서 만약 이곳에 입장(入葬)하시면 우리 대촌이 스스로 패동(敗洞)이 될 것이요, 누가 수백 명의 양식을 싸 짊어지고 임금께 직소(直訴)하거나 비국(備局)에 등장(等狀)하는 것이 어떠냐?"

하고 분운(紛紜)할 때에 이웃에서 술 파는 노파가 이 소리를 듣고 웃으면서,

"여러분이 사또로 하여금 금장(禁葬)하게 하는 것은 아주 손쉬운 일이니 무엇이 그리 근심할 게 있습니까? 여러분 한 사람 앞에 한 냥씩만 돈을 거두어 늙은 저를 도와 주신다면 제가 마땅히 죽음을 걸고 금장하게 하리다."

"만약 능히 금하지 못한다면 어찌하겠는가?"

"여러분이 나를 죽인다 해도 원망하지 않겠나이다."

하여 촌민 5, 600명이 각각 1냥씩을 거두어 주니, 노파가 사람을 시켜 그 천장(遷葬)하는 날을 더듬어 알고 미리 한 독의 술과 닭 한 마리를 안주로 하여 길가에 앉아 기다리다가 감사가 산으로 오를새 옆에서 합장부복하여,

"쉰네는 이미 죽은 옛 지관(地官) 아무개의 처올시다. 곧 사또께서 대지(大地)를 구하여 바로 면례(緬禮)를 잡숫는다는 말씀을 듣자옵고 간략히 주효를 장만하여 하례를 드리고자 왔습니다."

이 때 전도하인(前導下人)이 금축(禁逐)할새 감사 언뜻 지사의 아내라는 말을 듣고,

"너는 어인 연고로 여기가 좋은 곳이라고 생각하느냐?"

하고 물으니 노파가,

"쉰네의 남편이 살아 있을 때 항상 제게 말씀하시기를 이곳에 입장하기만 하면 그 아들이 당대에 반드시 왕후가 되리라 하는고로 쉰네가 비록 늙었으나 어찌 그 말을 잊으리요. 매양 이곳을 지날 때면 그저 빈산만 우러러뵈었더니 이제 사또께서 능히 이렇게 좋은 땅을 아시고 쓰시는 바에 어찌 또한 장하다 하지 않겠습니까. 참으로 이른바 복 많은 분이라야 길지(吉地)를 만난다 하였으니 이로써 하례차 왔습니다. 쉰네가 늦게야 자식을 하나 두었는데, 일후에 거두어 씨 주시기를 엎드려 바라옵니다."

감사가 이 말을 듣고 크게 화가 나서 노파의 입을 막게 하고, 드디어 그곳에 면례를 포기하고 돌아갔다.

알아서 무엇하리요

　여종을 간통하기를 좋아하는 주인 선비가 있었다. 무슨 일로 종놈을 수십 리 밖에 심부름을 보낼새, 종놈이 십분 주인의 처사를 수상히 여기던 터이라, 그 기미를 알아차리고 이에 사람을 고용하여 대신 보내고 스스로 그 방에 숨어 있었다. 밤이 깊은 후에 주인이 이미 종놈이 출타한 줄을 아는지라, 아무 거리낌없이 여종의 방에 들어간즉 한 사람이 누워서 잠자고 있는 소리뿐이라. 흔욕(欣欲)이 용동하여 이불 아래 끌어안은즉 주객 네 다리 사이에 두 거북의 대가리가 돌연히 서로 부딪치거늘 주인은 창황지간에 꾸며 댈 말이 없는고로 이에 가로되,
　"네 물건이 왜 그리 크냐?"
하고 물으니,
　"종놈의 양물이 크고 작은 것을 양반이 알아서 무엇하리요."
하니 주인이 아무 말 없이 물러가더라.

흰떡과 산나물

어느 집 여종이 아름답기 그지없었다. 여종의 남편놈은 날마다 와서 자지 않거늘 주인집의 소년이 뜻대로 간통하였는데, 오히려 이를 숨기는 자는 여종과 그의 양친들이었다. 어느 날 밤에 소년이 그의 처와 함께 자다가 처가 깊이 잠든 틈을 타서 가만히 행랑으로 나갈 때 그 처가 잠이 깨어 비로소 알고 살금살금 뒤를 밟아서 창틈으로 엿본즉 여종이 거절하면서 가로되,

"서방님께서 왜 하필 흰떡 같은 아가씨를 버리고 구구히 이렇게 하찮은 제게 오셔서 못살게 구십니까?"

"아가씨가 흰떡과 같다면 너는 산나물과 같으니 음식으로 따지면 떡을 먹은 후에 나물은 가히 먹지 않을 수 없는 것이라."

하며, 드디어 입을 맞추며 운우가 방농(方濃)하니 그 처가 돌아가서 여전히 누워 자고 있었다.

소년이 생각하기를 처가 행랑의 일을 보지 못하였으렷다 하고, 이튿날 부부가 시아버지를 옆에 모시고 있을 때 소년이 졸

지에 기침을 연발하며 입을 다물고 벽을 향하여 가로되,

"요즈음 내가 이 병이 있으니 괴상하도다. 기상하도다."

한즉 그 처가 읍해 가로되,

"그것이야 다른 까닭인가요. 나날이 많은 산나물을 잡수신 연고이지요."

하니 시아버지가 듣고 가로되,

"어디서 산나물이 났기에 너만 혼자 먹느냐?"

하거늘, 소년이 부끄러워 입을 다물고 곧 밖으로 뛰쳐나가더라.

스님, 외로이 축원하다

 스님 한 분이 서울의 승경(勝景)을 듣기 싫도록 들은 후 송기떡과 깨밥 등속을 싸 가지고, 남문으로부터 동으로 향하여 순행해서 서쪽으로 사직 뒷길에 이른즉, 이미 날이 저물매 인경 칠 때가 가까워 왔는지라. 원래 서울에 아는 집이 없고 잘 곳도 없는데, 밤에 수랏군에게 붙잡힐 염려가 있는지라. 한 재상가의 집 뒤행랑 굴뚝 옆에서 은신하고 장차 파루 칠 때를 기다리더니, 밤은 깊어 삼경이 되매 만뢰(萬籟)가 함께 고요한데 행랑방에서 사내가 그 처에게 이르되,
 "우리 두 사람이 그 일을 밤마다 빼지 않고 하되 헛되이 정혈(精血)만 낭비하고 마침내 자식 하나 얻지 못하였으니 심히 괴상한지라. 이는 반드시 축원하지 않고 일을 하기 때문이니, 지금으로부터 시작하여 원하는 바를 따라 각각 그 정성을 다하여 입으로 축원을 드리는 것이 좋을 것이라."
한즉 여인이,

"그걸 진작 그렇게 할 걸 그랬어요."
하며 남편을 향하여,
"낭군의 송원은 어떤 아들딸을 원하십니까?"
"나는 풍신 좋고 지략 많은 건장한 남자를 낳아서 길이 후한 요포(料布)를 받아 아문(衙門)에서 일하고 쌀도 많고 돈도 많은 남자를 부러워하노라."
하며 처에게 물어 가로되,
"낭자의 소원은 과연 어떠하오?"
"평생에 얼굴이 잘 생기고 또 영리한 여자로서 길이 전재(錢財)가 많아서 시어미·시아비 없는 집 며느리가 되어, 돈 쓰기를 물과 같이 하며, 또 우리 친정집에도 그 혜택이 미치도록 하는 그러한 여식아이를 두기 원하오."
하며 곧 이 큰 소망들을 성취해 보려고 그 일을 시작할 즈음에 낭군이 크게 그 물건을 일쿼서 그 구멍에 꽂고 다시 수건으로 손을 씻고 경축하기를,
"성조도감신령전(成造都監神靈前)에 대마구종조성지원(大馬驅從造成之願)이요, 색장구종 조성지원(色掌驅從造成之願)이요, 행수사령(行首使令) 조성지원이요, 인배사령(引倍使令) 조성지원이요 고직방직(庫直房直) 조성지원이요, 기수뇌자(旗手牢子) 조성지원이요, 기총대총(旗摠隊摠) 조성지원이요, 이로부터 원을 따라 조성조성(造成造成)하여지이다."
하고 비니, 여자가 따라서 대대(對對)를 지어 축원하기를,
"삼가점지(三神點指)로 제석전수청시녀점지지원(帝釋前隨廳侍女點指至僧)이요, 선정각시(善釘閣氏) 점지지원이요, 전갈비자(傳喝婢子) 점지지원이요, 찬색저아(饌色姐娥) 점지지원이요, 아

지유모(阿只乳母) 점지지원이요, 모전분전말루하(毛廛粉廛抹樓下) 점지지원이요, 의녀무녀(醫女巫女) 점지지원이요, 수모중매(首母仲媒) 점지지원이니, 한번 양정(陽精)을 받아 원을 따라 점지하소서."

하니 스님이 창구멍을 뚫고 들여다보니 그 해괴망칙하고 음란질타한 형상을 눈뜨고 차마 볼 수 없는지라. 스님의 아랫배가 뭉클하며 배 아래 있는 물건이 크게 성내는지라. 주먹으로 그 물건을 어루만져 희롱하면서 축원하기를,

"나무아미타불, 불전인도화상 출생지원(佛前引導和尙出生至僧)이요, 법고화상(法鼓和尙) 출생지원이요 바라화상(鉢鑼和尙) 출생지원이요, 총섭승장(摠攝僧將) 출생지원이니, 어찌 이 홀아비 중이 홀로 남자를 낳으며, 어찌 이 홀아비 중이 홀로 여자를 낳으리요. 아미타불도 할 수 없을 것이요, 관음보살도 할 수 없을 것이라. 아난가섭(阿難迦葉)에 일석인연으로 생남생녀하였다는 일은 내 아직 듣지 못하였으니, 방중시주 양위부처(放中施主兩位夫妻)는 음양 배합에 가히 축원하는 바가 있으나, 문 밖의 객승은 사하독두(上下禿頭)에 아직 아름다운 짝이 없으니, 어찌 할 수 없는지라……."

이와 같이 할 즈음에 창문이 찢어지며 어느새 스님의 아랫독두가 방 안으로 뛰어드는지라, 방 안의 축원하는 소리가 급작히 놀래어 멈추더라.

무릇 길고 굵어야 할 것

한 상놈의 처가 버선 한 켤레를 지어 그 지아비에게 주었겠다. 지아비가 그것을 신으려고 아무리 애를 써도 너무 작아서 들어가지 않는지라. 이에 혀를 차며 꾸짖어 가로되,

"당신 재주가 가위 기괴하도다. 마땅히 좁아야 할 물건은 넓어서 쓸 수 없고, 가히 커야 할 버선은 작아서 발에 맞지 않으니 무슨 놈의 재주가 그 모양이냐?"
하고 투덜대니,

"흥, 당신의 물건은 좋은 줄 아오. 길고 굵어야 할 물건은 작아서 쓸데없고, 마땅히 크지 말아야 할 발은 나날이 크고 다달이 크니 그게 무슨 뽄수요?"
하고 대드니, 듣는 자 졸도하지 않는 자가 없더라.

객사 주인의 방사

 나이가 서로 비슷한 숙질 간에 함께 길을 가다가 어느 객사(客舍)에서 묵게 되었는데, 주인 부부가 얇은 벽을 격한 방에서 밤이 깊은 뒤에 밤새도록 갖가지 재주를 다하여 일이 벌어졌는데, 조카는 잠을 이루지 못하고 손으로 아저씨를 흔들며 깨우는데, 아저씨는 깊은 잠에 빠져 깨지 못하는지라. 이튿날 아침에 일어난 아저씨에게,
 "지난밤 이러이러한 재미있는 형상을 보았습니다."
 "어째서 나를 깨워 함께 구경하게 하지 않았느냐."
 "그럴 리 있습니까 암만 흔들어 깨워도 아저씨께서 통 일어나셔야지요."
 그 아저씨가 제기랄 하고 탄식하며,
 "오늘 하루만 더 묵어서 우리 그 짓 하는 것을 좀 보고 가자. 오늘 저녁에는 내 명심하여 자지 않고 기다리리다."
하고 병을 핑계삼아 하루 더 묵게 되었다. 그날 밤도 깊었으나

주인의 음사(淫事)가 마침내 동정이 없는지라. 아저씨는 잠시 눈을 붙이고 있더니 깊은 잠이 들기 전에 벽을 격한 방에서 주인이 처의 옷 벗기는 소리가 부시럭거리거늘 조카가 아저씨를 흔든즉, 아저씨가 비몽사몽간에 크게 기뻐하며 큰 소리로,
　"주인놈이 정말 그 일을 시작하였느냐?"
하니, 주인이 듣고 놀라 음심(陰心)이 위축하여 다시 하지 못하더라. 이틀이나 헛되이 객사에서 머물러 있다가 마침내 주인놈의 행락하는 광경을 보지 못하고 밥값만 치루었단다.

벼락 귀신한테 당한 아내

한 젊은 부부가 함께 누워 자는데, 갑자기 큰 비가 쏟아지며 우뢰 소리가 진동하여, 밤은 어둡기가 칠흑같고 번갯불이 촛불과 같이 밝았다.
"장독을 잘 살폈는가?"
하고, 사내가 물으니,
"뚜껑을 덮지 못하였습니다."
"당신이 빨리 나가서 덮구려."
"내 본시 우레를 두려워하니 낭군께서 나가 보소서."
두 사람은 이렇게 서로 미루다가 처마 밑의 비가 무섭게 뿌리는지라. 처가 부득이 전전긍긍하며 억지로 일어나서 방을 나와 장독대 옆으로 나오려 할 때에 마침 도둑놈이 대청마루 아래에 숨어 있다가 이미 그 부부의 서로 미루는 것을 들은지라, 미리 도자기 분(盆)을 들어 곧 그 여자의 앞에 던졌는데, 그 여인이 크게 놀라 까무라침에 도둑놈이 벼락처럼 달려들어 겁간하고 도망하였거늘, 그 남편이 오래도록 처가 들어오지 않음을 이상히 여겨 나가서 끌어안고 온즉, 그때서야 겨우 정신을 차렸다.

"여보, 그런데 벼락 신도 자웅이 있소?"

"어떤 까닭이오."

처가 그때서야 부끄러워하며,

"급작스레 벼락 신이 덤벼들어 제 몸을 내리누르기에 저는 혼비백산하였지요. 거의 죽은 몸과 같이 한동안 인사불성이 되었으나, 나중에 가만히 생각해 본즉 벼락 신도 반드시 낭군과 함께 자는 것과 꼭 같습디다. 어찌 그리 조금도 틀리지 않는 남녀간의 관계와 똑같았는지."

"그것보게나. 내가 만약 나가서 오래 어정되었더라면 벼락을 면하지 못하였을 거야. 벼락 귀신이 누구의 얼굴을 봐 가면서 용서해 줄 줄 알아. 큰일날 뻔하였지."

하고 무사하였음을 자축하였다.

산파가 크게 놀라다

한 산파가 어느 산가(産家)에 왕진을 갔는데, 그 집에 한 탕자가 있어 산파의 자색이 아름다움을 보고, 딴 생각이 나서 돌아가 빈집을 한 채 얻고 병풍과 족자 등의 가구를 벌여 놓은 다음, 그 방을 캄캄하게 한 후에 탕자가 벌거벗은 몸으로 이불 속에 드러눕되, 뜰에는 약탕관을 베풀게 하여, 여종으로 하여금 일부러 궁귀 등속을 찌게 하여 교자(轎子)를 보내어 산파를 영접해 왔거늘, 산파가 곧 방 안으로 들어온 후에 병풍을 열고 손을 이불 속에 들이밀어 아이 밴 어미의 윗배로부터 아래로 이르도록 살펴 널리 주물렀는데, 배가 별로 부르지 않고 높지 않은지라. 산파가 의심하여 다시 여러 번 아래위를 어루만지는데, 음문(陰門) 가까운 곳에 이르니, 그 물건[양물]이 크게 뻗쳐서 배꼽을 향하여 누워 있거늘, 산파가 크게 놀라 뛰어나오니 여종이 희롱해 묻되,

"우리 집 가시내가 어느 때나 해산하겠습니까?"

산파 가로되,

"어린아이의 머리가 먼저 나오면 순산이요, 발이 먼저 나오면 역산(逆産)이요, 손이 먼저 나오면 횡산(橫産)이로되, 이 아이는 신(腎)이 먼저 나오니 이제 비로소 처음 보는 것인데, 하물며 그것의 크기가 네 할아비 대가리보다 큰지라, 그런고로 졸지에 순산하기 어렵겠노라."

하였다 한다.

닭 도둑이 명판관이로다

 어느 한 시골 사람이 잠자리에서 그의 처에게 넌지시 말하기를,
 "오늘 밤에 그 일을 반드시 수십 차 해줄 테니 당신은 무엇으로 내 수고에 보답하겠소?"
하니, 그의 처 대답하기를,
 "만약 그렇게만 해주신다면 제가 세목(細木) 한 필을 오래 감추어 둔 것이 있는데 명년 봄에 반드시 열일곱 새누비과를 만들어 사례하오리다."
 "만약 기약만 지켜 주면 오늘 밤 들어, 하기를 열일곱 번은 틀림없이 해주리라."
 "그렇게 하십시다."
 이튿날 남편은 일을 시작하는데 일진일퇴의 수를 셈하기 시작하며 가로되,
 "일 차……이 차……삼 차."

이렇게 세니 여인이 가로되,

"이것이 무슨 일 차 이 차입니까? 이와 같이 한다면 쥐가 나무를 파는 것과 같으니까, 일곱 새누비과는커녕 단과(單袴)도 오히려 아깝겠소이다."

"그러면 어떻게 하는 것이 일 차가 되는가를 가르쳐 주시오."

"처음에는 천천히 진퇴하여 그 물건으로 하여금 내 음호(陰戶)에 가득 차게 한 후에, 위를 어루만지고 아래를 문지르며 왼쪽을 치고 오른쪽에 부딪쳐서 아홉 번 나아가고 아홉 번 물러감에 깊이 화심(花心)에 들이밀어 이와 같이 하기를 수백 차를 한 후로 양인의 마음은 부드러워지고, 사지가 노글노글하여 소리가 목구멍에 있으되 나오기 어렵고 눈을 뜨고자 하되 뜨기 어려운 경지에 가히 이르러 '한 번'이라 할 것이라, 그리하여 피차 깨끗이 씻은 후에 다시 시작함이 두 번째 아니겠소?"

하며 이렇게 싸우고 힐난하는 즈음에 마침 이웃에 사는 닭서릿꾼이 남녀의 수작하는 소리를 들은 지 오래라.

크게 소리쳐,

"옳은지고 아주머니의 말씀이여! 그대의 이른바 일 차는 틀리는도다. 아주머니의 말씀이 옳다. 나는 이웃에 사는 아무개로서 누구누구 두세 친구가 장차 닭을 사서 밤에 주효나 나눌까 하므로, 그대의 집 두어 마리 닭을 빌리니 후일에 반드시 후한 값으로 보상하리라."

하니 그 도둑이 채 말을 끝내기도 전에 그 여인이,

"명관(名官)의 송사(訟事)를 결단함이 이와 같이 지공무사(至公無私)하니, 뭐 그까짓 두어 마리 닭을 어찌 아깝다 하리요."

"값을 낼 필요가 없다."
이와 같이 시원하게 대답하더라.

입이 없는데 어찌 마셔요

 어떤 자가 수염이 너무 많아 보는 이가 추하게 여기더니, 그 사람이 일이 있어 외출하였는데 때마침 추운 겨울이라 장차 어한(禦寒)코자 하여 한 주점에 들어 가서 따끈한 술이 있느냐고 물은즉, 주점의 아이가 그 사람의 수염이 무성한 것을 보고 입을 다물고,
 "손님께서는 술을 사서 무엇에 쓰고자 하시오니까?"
하고 웃으며 말하니 나그네가 가로되,
 "내 지금 마시려고 한다."
 "입이 없는데 어찌 마시려고요."
하니 크게 노해 그 수염을 잡고 양쪽으로 가르며,
 "이것이 입이 아니고 무엇이냐?"
한즉 아이가 그 입을 보고 크게 이상하게 여겨,
 "그런즉 건너편 김아병의 처도 장차 반드시 아기를 낳겠구먼요?"

이 아기를 낳는다는 말은 이 아이가 일찍이 김아병의 처가 음모가 너무 많아서 그 구멍을 덮었던 것을 보았기 때문이다. 마침 그 집의 노파가 막대기로 그 아이를 두드리며,

"네 아비가 비록 시골에 살아도 본시 지혜가 많아 지식이 많더니, 너는 어디로 해서 나왔길래 이와 같이 어리석고 몽매하냐? 손님의 입이 있고 없고가 네게 무슨 관계며 하물며 다른 집 여인네의 구멍이 있고 없는 것이 너 같은 어린 놈이 무슨 참견이냐. 말(馬)은 비록 수염이 드리웠으나 안공(眼孔)이 스스로 아래에 있고 개의 꼬리는 비록 길어도 그 항문이 스스로 그 가운데 있지 털 많은 밑이라고 구멍이 없을까 보냐."

하고 꾸짖으니 나그네가 처음에는 어린애를 꾸짖어서 매우 유쾌하였는데, 그 나중의 두어 마디에 그만 부끄러움과 분함을 견디지 못하더라.

신부가 무서운 신랑

어느 시골 사람이 며느리를 얻었는데, 자색(姿色)이 아름다웠다. 그런데 아들은 초립동(草笠童)인 데 비하여 며느리는 나이가 찼으며, 혼인이 끝난 뒤 날을 가려 며느리를 데려올새 그 사돈도 또한 따라왔다. 이웃을 청하여 신부를 맞이할새 이른바 신랑이 자리에 앉고 빈객이 또한 만당이라. 이 때 신랑이 여러 이웃사람들 앞에서 손가락으로 가리키며,

"저 계집애가 또 오는구나. 엊그제는 저 팔로 나를 눕히더니 꼭 끌어안고 다리로 나를 끼더니 무겁게 내리누른 후에 제 오줌 누는 물건〔옥문〕으로 밤새껏 문지르며 내 배 위를 타기도 하고 숨이 막혀 헐떡거리며 씩씩거리면서 사람을 견디지 못하게 단련시키더니 어찌하여 또 왔느냐? 나를 또 못살게 굴려고, 아이 무서워."

하면서 신랑이 밖으로 달아나는데, 만좌가 그 사돈의 체면을 보아 자못 묵묵히 말이 없더라.

그 집에는 요강은 없더이다

어느 부잣집 소녀 과부가 매양 젖어미와 짝하여 자더니, 하루는 젖어미가 병고로 자기 집으로 돌아갈새 과부가 이웃집 여인에게 청하여 이르기를,

"젖어미가 출타하여 홀로 자기가 무서우니 아주머니 집 종 고도쇠(高道釗)를 보내 주시면 저녁을 잘 대접할 테니 함께 수직하게 해주심이 어떻겠습니까?"

하니, 이웃집 아주머니 허락하여 곧 고도쇠를 보내 줄새, 고도쇠는 그때 나이 열여덟에 우둔하고 지각이 없는 놈이었다. 과부 집에 와서 저녁밥을 얻어먹고 당상(堂上)에서 누워 자는데, 그 코고는 소리가 우레와 같으며 아직 한 번도 여체를 경험하지 못한지라 순수한 양물이 뻣뻣이 일어나서 잠방이 속을 뚫고 밖으로 나와 등등하게 뻗치고 섰거늘 밤은 깊고 적막하여 어린 과부가 이를 보고 갑자기 음심(淫心)이 발동하여 가만히 고도쇠의 바지를 벗기고 자기의 음호(陰戶)로써 덮어씌우고는 꽂고 들이

밀었다 물러갔다 하여 극진히 음란을 향한 후에 자기 방에 돌아와 자다가 이튿날 아침에 그 종놈을 보냈더니 아직도 젖어미가 오지 않는지라, 소녀 과부가 또 고도쇠를 보내 주기를 청한데 이웃집 아주머니가 곧 고도쇠를 불러 설유해 이르기를,

"뒷담 집 아가씨 댁에 기명(器皿)도 많고 음식도 많고 의복도 많으니 네가 그리로 가는 것이 좋으리라."

"비록 기명은 많으나 요강이 없습니다."

하니, 아주머지가 의아한 얼굴로,

"그 부잣집에 요강이 없다니 그게 무슨 말이냐?"

하고 주인 아주머니가 물으니,

"요강이 없는고로 엊저녁에 아가씨가 손수 소인의 바지를 벗기고 소인의 신두(腎頭) 위에 오줌을 쌌습니다."

한즉, 아주머니는 스스로 부끄러워 감히 다시 가라는 말을 하지 않더라.

아내의 음모와 남편의 수염이 붙다

홍풍헌이란 자가 있었다. 그의 처가 음모(陰毛)가 많았더니 추운 겨울밤에 얼음 위에서 오줌을 눌새, 그 터럭이 얼음과 함께 얼어붙어 떨어지지 아니하여 일어날 수가 없는지라. 큰 소리로 부르짖었더니 풍헌이 놀라 달려와서 머리를 숙여 입김으로 얼어붙은 음모를 녹이려다 날씨가 워낙 추워 풍헌의 수염마저 그만 얼음에 붙어 일어나지 못하게 된지라, 풍헌의 입이 그 처의 음문(陰門)과 마주 보고 있더라. 날이 밝아 이웃집 김약정이 대문 밖에 찾아왔거늘,

"관청 일이 비록 무거우나 나는 해동(解冬)하기 전에는 출입하기 어려우니, 그대는 이 뜻으로 관가에 고하여 내 소임을 갈게 하라. 명춘(明春) 이후로는 권농(勸農)을 하더라도 내 마땅히 따라가리다."

하고 풍언이 말하더라.

내 신(腎)을 대신 드리지

　나이 늙은 능관이 능지기 한 놈을 보고 이르되,
　"내 이미 이가 없으매 굳은 물건은 씹어 먹을 수 없으니, 내일 아침 반찬에 부드럽고 연한 물건으로 바치되, 저 생치나 송이 등속이 내 식성에 맞느리라."
하니 능지기가 부복하여 대답하고 나가면서,
　"온 영감도. 생치쯤이야 닭을 대신하면 될 테고 송이야 어찌한담. 옳지 내 신(腎)으로써 대신 드리면 되겠군. 주리할 젯."
하고 중얼거리더라.
　능관의 주문도 주문이지만 능지기의 독백도 영완(獰頑)하도다.

별칭도 사람 나름

어느 촌가의 기생이 집으로 찾아오는 나그네를 접대할새, 대개가 한 두 번씩은 상관한 위인들이었다. 한 사람이 먼저 와서 자리에 앉아 있을 때에 뒤에 오는 자가 연속하여 마침 두 사람이 짝을 지어 들어오는지라,

"마부장(馬部長)과 우별감(禹別監)이 오시는군."

얼마 후에 또 사람이 들어온즉 기생이,

"여초관(呂哨官)과 최서방이 또 오시는도다."

한데 맨 먼저 온 자가 가만 바라보니, 지금 들어온 네 사람의 성이 또는 김씨요, 또는 이씨로서 마씨니 여씨니 우씨니 최씨니 하는 성은 하나도 없었다. 그래 네 사람이 각각 돌아간 후에,

"네가 나그네들의 성씨를 그토록 모르느냐?"

그 기생에게 물은즉,

"그분들이 다 나하고 친한 지 오래된 사람들인데 모를 리가 있소이까? 마씨·여씨 등의 성을 붙인 것은 야사포폄(夜事褒貶)

으로서 제가 지은 별호들이올시다."
하고 이어 해석하는데,

"그중 아무개는 몸과 더불어 양물이 아울러 크니 성이 마(馬)씨인 것이 분명하고, 아무개는 몸은 작으나 그것은 몹시 크니 성이 여(呂)씨요, 또 아무개는 한 번 꽂으면 곧 토하니 성이 우(牛)씨요, 아무개는 위로 오르고 아래로 내렸다 하기를 변화무쌍하니 최(崔)씨라. 최는 곧 작(雀)이라(참새는 아래 위로 잘 오르내리니까)."

이어 먼저 와서 앉은 자가,

"그럼 나는 무엇으로 별호를 주겠느냐?"
한즉,

"나날이 헛되이 왔다가 헛되이 가서 헛되이 세월만 보내니, 마땅히 허생원(許生員)으로 제(題)하는 것이 적격일까 하오."
하니 재기(才妓)의 면모가 약여하였다.

기문

당신이야말로 천하 명의로다

어떤 젊은 과부 하나가 강릉 기생 매월이와 이웃삼아 살고 있었다. 매월은 그 자색과 명창으로 써 한때에 이름이 높았으므로 일대의 재사(才士)와 귀공자들이 모두 그 문 앞으로 모여들었다.

어느 날의 일이었다. 때는 마침 여름철이었다. 매월의 온 집안의 유달리 고요하여 인기척이 없기에 과부는 괴이히 여겨 남몰래 창을 뚫고 엿보았다.

어떤 한 청년이 적삼과 고의를 다 벗은 몸으로 매월의 가는 허리를 껴안은 채 구진구퇴(九進九退)의 묘법을 연출하는 것이었다.

기생의 여러 가지 교태와 시내놈이 이러한 음탕을 평생 처음으로 본 과부인만큼 그 청연의 활기를 보자 음탕한 마음이 불꽃처럼 일어 억제하지 못한 채 집으로 돌아왔다.

과부는 스스로 애무하였다. 그의 코에는 저절로 감탕(甘湯)의 소리가 나는 것이었다. 그렇게 10여 차를 하고 보니, 목구멍이 막혀서 말을 내지 못할 지경이 되었다.

때마침 이웃집 할머니가 지나치다가 들어와서 그 꼴을 보고는 그 연유를 물었으나, 목멘 듯이 대답을 하지 못하고는 다만 숨소리만 나는 것이 아닌가. 마음으로 반드시 무슨 곡절이 있음을 짐작하고 묻기를,

"섹시, 만일 말이 나오지 않는다면 언문 글자로 써서 뵈는 것이 어때?"

하고 권고하였다. 과부는 처음부터 끝까지 하나하나 빠뜨리지 않고 써 보였다. 할머니는 그 사연을 보고 웃으면서,

"상말에 이르기를 그것으로 말미암아 난 병은 그것으로써 고치는 방법밖에 없다 하지 않았소? 이 병에는 건강한 사내를 맞이하여 치료하는 것이 가장 빠를 것이오."

하고는 문을 나섰다. 그 동네에 우생이란 노총각이 살고 있었다. 그는 집이 가난한 탓으로 나이가 서른이 넘어도 아직 장가를 들지 못한 형편이었다. 할머니가 우생을 보고는,

"아무 집에 이런 일이 생겼는데, 그대가 그 병을 치료할 자신이 있겠는가. 만일 그렇게 된다면 그대는 없던 아내가 생기는 것이요, 그녀는 홀어미로서 남편을 얻는 것이니, 이는 실로 경사가 아닐 수 없네."

하고 권유하였다. 우생은 크게 기뻤다. 곧 할머니의 뒤를 따라 과부의 방으로 들어가게 되었다. 우생은 곧 의복을 벗은 벌거숭이 몸으로 촛불이 휘황한 밑에서 멋있게 일을 베풀었다. 그녀는 병이 곧 나아 일어나면서 다음과 같은 한 마디 말을 남겼다.

"당신이야말로 참 양의(良醫)로군."

손이 셋인 놈

 어떤 한 청년이 이웃집에 살고 있는 예쁜 여인을 사랑하여 그 남편이 멀리 나간 틈을 엿보아서 억지로 달려들어 일을 치렀다.
 그녀가 그 자취가 드러날까 보아 관가에 고발하였다. 원이 그녀에게 심문하기를,
 "저놈이 비록 먼저 달려들었다 할손, 네가 받은 그 이유는?"
하였을 제 그녀는,
 "그이가 한 손으로 제 두 손을 잡고, 한 손으로는 제 입을 막고, 또 한 손으로는……그래서 소녀의 양질로서는 도저히 막을 수가 없었답니다."
하고 변명을 하였다. 원은,
 "천하에 무슨 세 손을 지닌 놈이 있단 말이냐. 이년, 무고죄를 면하기 어렵구나."
하고 거짓 화를 벌컥 냈다. 그녀는 크게 두려워하여,
 "과연 손을 잡고 입을 막은 것은 그이의 손이지만 그것을 집

어녋은 손은 소녀의 손이었습니다."
하고 바로 고백하는 것이 아닌가. 원은 그제야 책상을 치면서 크게 웃었다.

늙은 중이 기생의 귀를 씹다

　경주에 나이가 겨우 열여섯 살이 된 기생이 있었다. 그의 화용월태(花容月態)는 이름이 화류계에 드높았다. 고을 사또의 책방으로 온 총각이 그와 함께 사랑을 속삭였다.
　그러다가 아버지가 돌아갈 제, 총각 역시 아버지를 따라가게 되었다. 기생이 서로 놓치기를 어려워하여 반일의 시간을 허비하여 뒤를 따르다가 헤어지는 마당에 명주 적삼을 벗어 주면서,
　"뒷기약이 아득하니, 이것으로 정을 표하리라."
하기에 총각 역시 붉은 중의를 벗어서 주면서 서로 작별하였다. 기생이 눈물을 머금으면서 돌아오는 길이었다. 그릇 산길로 들어 해가 또 저물었다. 한 산사에 이르러 스스로 생각하기를,
　'여인의 몸으로서 전간에 드는 것이 불편하리라.'
하고는 곧 아까 총각에게 받았던 옷을 갈아입고 동자(童子)의 시늉을 하고 절에 들어갔다. 여러 중이 그를 보고는,
　"예쁘기도 하이. 이런 동자가 어디에서 왔을까?"

하고 다투어 방으로 들었다. 밤이 되자 중이,
"동자는 산승이 후정(後庭) 놀음을 좋아하는 줄을 몰랐지. 어떤 스님과 같이 자려 하나?"
하고 물었다. 그는 몸을 더럽힐까 이윽고 생각하기를,
'저 늙은 중이 나이도 많고 기력도 쇠진하였을 테니 반드시 범하지 못할 것이야.'
하고는 드디어 입을 열어,
"저 선사(禪師)를 모시고 자려 하오."
하였다. 여러 중들이 서로 돌아보면서 놀라운 표정을 지었다.
 드디어 밤은 깊었다. 늙은 중이 그를 껴안고 그 뒷장난을 시작하였다. 기생이 늙은 중의 활력이 대단함을 알고서 정념(情念)이 별안간에 일어나 그것에 응하였다. 늙은이는 정담이 극에 이르자 당황하여 기생의 귀를 씹어 버려 귀가 달아나 버렸다.
 기생이 너무 부끄러워 얼굴을 가리고 도망하였는데, 이 일로 그 기생은 '대손(大損)'이라고 불렸다.

기생이 시를 평하다

 부안 기생 계월이 시 읊기를 잘하고 노래와 거문고에 능하였다. 그는 스스로 매창이라 호를 짓고 뽑혀 서울로 올라오게 되었다. 수재와 귀공자들이 모두 다투어 먼저 맞이하여 시를 수창(酬唱)하고 논평하였다.
 어느 날의 일이었다. 유라는 선비가 그를 찾았을 제, 김·최 두 사람이 먼저 자리에 앉았는데, 둘은 모두 광협(狂俠)으로 자부하였다. 계월이 술자리를 벌여 그들을 접대하였다. 술이 반쯤 취하자 셋이 서로 계월을 독점하려는 기색이 나타나는 것이다. 계월은 웃으면서,
 "당신들이 각기 풍류장시(風流場詩)를 외어 한 차례 기쁨을 뽑는 것이 어떨까요. 만일에 제 마음에 드는 아름다운 글이 있다면 오늘 저녁에 모시기로 하리라. 먼저 천기(賤妓)들의 전통(傳誦)하는 시를 외어 드리리다."
하고 다음과 같은 두 절의 시를 읊었다.

옥도곤 흰 팔은 여러 사내 베개요,
붉은 그 입술은 여러 손님 맛보았소.
네 몸이 보아하니 서릿날이 아니어늘
어이하여 내 애를 끊고 가는 거요.

삼경 밝은 달에는 발굽이 춤을 추고
일진(一陣) 바람결에 이불이 펄렁이네
이 때를 당하여 무한한 그 맛은
오직 두 사람만이 함께 누릴 것이오.

그들 세 사람은 모두 응낙하였다. 김이 먼저 칠언절구 한 수를 읊었다.

창 밖 삼경에 가는 비 내릴 제
두 사람 그 마음을 둘이서만 아오리다.
새 정이 흡족하지 않아 날이 장차 새려 하니
다시금 소매 잡아 뒷기약을 물었소.

최가 그 뒤를 이어서 불렀다.

껴안고 사창(紗窓)을 향해 쉬지 못할 그 일에
반은 교태 머금은 채 반은 부끄럼을 짓는구나.
낮은 소리 물어 오되 나를 생각하려나요
금채(金釵)를 다시 꽂고 웃으며 머리 끄덕.

계월은 웃으면서 비평하기를,

"앞의 것은 너무나 옹졸하고, 뒤의 것은 약간 묘하기는 하나, 수법이 모두 낮으니 족히 들잘 것이 없겠소. 대체 칠언절구는 비교적 쉽지마는 율시는 더욱 어려우니 저는 그 어려운 것을 취하려 합니다."
하니 김이 먼저 불렀다.

아리따운 그 아가씨 나이는 겨우 열다섯에
온 서울에 이름 가득 노래 불러 제일이라.
오입장이 맺은 정은 바다보다 깊어 있고
화관(花官)의 엄한 영은 서리처럼 싸늘하이.
난초 창 다사로워 아침 단장 재촉하고
솔고개 바람 높자 저녁 걸음 바빴소.
이별할 때는 많건마는 만나기 어려우니
양대의 비구름이 초양왕을 괴롭히네.

이 시를 본 최는,
"이 시가 비록 아름답다 하나, 보다 더 아름다운 것이 없지 않아."
하고,

강머리에 말 세운 채 이별 짐짓 더디어라.
양유 가장 긴 가지가 나는 몹시 미웁고녀
가인은 인연 엷어 새 교태 머금고
오입장이 정이 많아 뒷기약을 묻는고나.

도리꽃이 떨어지니 한식절이 다가오고
　　자고(鷓鴣) 새 날아가니 석양이 비낄 때라.
　　남포에 풀이 많고 봄 물결이 넓을 제
　　마름꽃을 캐려다가 생각한 바 있었다오.

라고 읊었다. 이 시를 보고 계월은,
　"이 시는 약간의 맑은 운치가 있으나, 족히 사람을 움직일 수 없겠소."
하고는 유를 돌아보면서 이르기를,
　"당신은 홀로 시를 읊을 줄 모르시오?"
　"나는 애초부터 글이 짧고 옛날 양구가 크기로 이름 높던 오독의 수레바퀴를 궤던 재주가 있을 뿐이오."
하였다. 계월은 웃으면서 답하지 않는다. 최가 화를 내면서 이르기를,
　"오늘에는 의당히 시의 잘잘못을 논할 것이 아니야!"
하매, 이 말을 들은 김은 자부하는 빛이 있어 읊기를,

　　가을밤 새기 쉬우니 길단 말을 하지 마오.
　　등불 앞에 다가앉아 비단 치마를 풀어 보렴
　　외눈이 열리니 감은 동자 반짝이고
　　두 가슴 합해 지닌 땀 냄새로 향기로와
　　다리는 청구머리 물결에 헤엄치고
　　허리는 잠자리라 물에 바삐 잠기더군.
　　강건하기 짝이 없음 마음에 자부하기
　　사랑 뿌리 깊고 얕음 임에게 묻노매라.

계월이 이 시를 듣고는 잘되었음을 칭도(稱道)하였다. 그제야 유는 곧 계월로 하여금 운자를 부르라 하고 운자가 떨어지자 다음과 같이 읊었다.

봄빛 찾은 호탕한 선비 기운도 높을시고
비취(翡翠) 이불 속에 아름다운 인연이 있어
옥 팔뚝을 버티니 두 다리가 우뚝하고
붉은 구멍 꿰뚫으니 두 줄이 둥글고나.
눈매를 처음 볼 제 아득하기 안개 같고
장천을 쳐다보니 돈보다 작아지네.
그 속에 별재미를 만약에 논하려면
하룻밤 높은 값이 천 금이 되오리라.

계월이, 이 시를 듣고 나서 탄식하기를,
"이는 운자가 떨어지자 곧 부른 것이었으나 침석(枕席) 사이의 정태를 잘 형용하였을 뿐 아니라, 글이 극도로 호방하고 웅건하니, 반드시 범상한 재주가 아니오니 원컨대 존어(尊啣)를 듣고자 합니다."
하였다. 유는,
"나는 곧 유모(柳某)라는 선비요."
하고 대답하였더니 계월은,
"존공(尊公)께서 이런 누추한 곳에 왕림하실 줄을 몰랐소이다. 이제 다행히 만나 뵈는군요."
하고 이내 잔을 드리고 웃으면서 이르기를,
"만일 온 하늘로 하여금 작은 돈짝과 같이 한다면 그 값이 다만 천금에 그칠 것입니까?"
하고 또 두 선비를 향하여 이르기를,
 "당신네의 읊은 바는 한 잔의 청량 음료만도 못하구려."
하고 핀잔을 주었다. 최·김 둘은 모두 묵묵히 물러가 버렸다.
유는 드디어 뜻을 얻어 함께 그 밤을 새웠다.

세 아낙네의 이실직고

　어떤 중이 살고 있는 절이 인가에서 멀지 않은 지점에 있었다.
　그 동네에는 박·김·이 등의 성을 지닌 천호가 살고 있었다. 중이 평서에 세 천호와 서로 절친하여 자주 오가곤 하였다.
　어느 날 중이 세 사람의 아내에게,
　"내가 세 형수씨를 위하여 특히 두부 잔치를 열어 들릴 테니, 수고로움을 헤이지 않고 절로 올라오실 수 있는지요?"
하고 물었다. 세 여인은 모두 응낙을 하고 약속된 날에 갔더니 중이,
　"무릇 절간에 장만하는 것은 반드시 부처님 앞에 드린 연후에 먹을 수 있답니다."
하였다. 세 여인은 그의 말대로 부처 앞에 나아가 합장을 하고 엎드려 있었다. 중은,
　"비단 절하고 엎드려 있을 뿐 아니라 평생 남몰래 한 일을 솔

직히 부처님 앞에 고한 뒤에야 바야흐로 먹을 수 있답니다. 그러나 만일에 실상으로 고하지 않는다면 부처님께서 반드시 무거운 벌을 내릴 것입니다."
하고 가르쳐 주었다. 세 여인은 난색을 보였으나 중은 먼저 사자(使者)를 시켜 부처님의 배후에 숨었다가,
"너희들의 간음한 일은 내 이미 잘 아는 바이니 이실직고하렷다."
하였다. 그들은 크게 놀라 박천호의 아내가 먼저,
"저는 출가하지 않을 때 춘흥(春興)을 이기지 못하여 매일 오가던 총각과 함께 숲 속에 들어 간통하였는데 부모께서 덮으시고 박천호에게 출가시켰답니다."
하였다. 다음에는 김천호의 아내가,
"저는 처녀 때에 같은 동네 어떤 사내가 유혹하기를 '네가 장성하였으니 먼저 예법을 연습하여야지, 만일 그렇지 않고 첫날밤을 당하면 어떻게 감당하려나' 하고 방으로 들어 일을 치루었으나, 애초에는 아무런 재미를 몰랐던 것이 날마다 연습하여 잉태가 되었을 제 부모께서 산아(産兒)를 물은 뒤에 김천호에게 출가시킨 것입니다."
한다. 다음에는 이천호의 아내가,
"이천호의 친구 하나가 자주 오가게 되자 저절로 서로 친근하다 보니, 잉태 생남하여 남편이 자기의 아들로 인정하고 있는 만큼 이는 제 죄가 아니고 남편의 친구를 좋아하는 데에서 나온 폐해라고 생각될 뿐입니다."
하고 변명하기에 급급하였다.
"너희들의 음사를 내 장차 네 남편에게 고발하련다."

하니 그녀들은 크게 두려워하여 엎드려 애걸하였다. 중은 그녀를 이끌고 내호(來戶)로 들어 차례대로 일을 치른 뒤에 보냈다.

마흔이 둘이면 여든, 스물이 넷이면 여든

어떤 선비가 재취(再娶) 장가를 들었다. 나이가 이미 여든이어서 수염과 머리칼이 다 희었다. 이 꼴을 본 장인 영감은 크게 놀랐다.

그 이튿날이었다. 장인은 신랑에게,

"신랑의 나이가 몇이라지?"

하고 물었다. 신랑은 서슴지 않고,

"스물이 넷이랍니다."

하고 말소리가 겨우 들릴 만큼 하였다.

장인은,

"스물네 살 되는 청년이 어찌 이리 늙었는가? 참 엉터리로군."

하고 화를 벌컥 냈다. 신랑은,

"그러면 마흔이 둘이랍니다."

하고 이미 흐린 말을 지었다.

장인은,

"마흔 둘, 그것 역시 참된 나이는 아니구려."

하고 굳이 따졌다. 신랑은,

"그러면 사면이 다 스물이랍니다."

하고 똑똑히 말하였다. 장인은,

"그럼 여든이로군. 뜻밖에 신랑의 나이가 나보다 높군그려. 내가 처음 물었을 제, 어찌 바로 대지 않고 두 차례나 회피하였단 말이오?"

하고 따졌더니 신랑은,

"내 애당초부터 실토하였으나 영감께서 잘 알아듣지 못한 탓이지요. 마흔이 둘이면 여든이요, 스물이 넷도 여든이 되지 않아요. 내 나이 비록 늙었지마는 아내가 잘 보양하면 이 해 안에 잘 부지할 것이오."

하고 자신이 만만함을 과시하였다. 때는 이미 그해 섣달이 끝나는 작은 그믐날이었다. 이 이야기를 들은 자 모두 허리를 잡았다.

아내의 지혜로운 처신

어떤 권문 재상가의 규수 하나가 있었다. 그는 몹시 총명하고 영리하였으며 시서와 침공(針工)에 통하지 못한 것이 없었다.

그러나 그에게도 하나의 결점이 있었다. 성격이 몹시 비좁아서 외통으로 뚫린 그 고집은 만일에 제 뜻대로 안 될 때는 비록 부모의 앞에서라도 화를 발칵 내곤 하였다. 그러나 그 나머지 노복들에게는 더 말할 나위 없었다.

이러한 소문이 전파되자 문안의 수많은 귀공자들이 장가들기를 꺼렸다. 부모가 그의 혼사가 늦어짐을 걱정하여 그의 잘못된 성격을 책하면 그는 대답하기를,

"인생이 겨우 100년이어늘 어찌 부부의 낙을 위해서 자기를 굽히고 기운을 상하게 할 수 있으리까. 다만 길이 어버이의 슬하에서 모시려 합니다."

하고 스스로 규중(閨中)에게 늙기를 원하였다.

부모 역시 사랑에 빠져 깊이 책하지도 못하였다.

그러나 딸을 규중에서 헛되이 늙히기에는 어려웠다.
이렇게 걱정을 하는 무렵이었다. 어떤 매파 하나가 통혼을 해 왔는데, 그는 가난이 심하고 의탁할 곳이 없으나 문벌이 서로 알맞았으므로 재상은 곧 허혼하였다.
화촉을 밝히는 그날 밤이었다.
신랑이 생각하기를,
'어찌 사내로 태어나서 하나의 여자를 누르지 못할 수 있으리요.'
하고 한 계교(計巧)를 마련하였다. 원앙금침 속의 단꿈을 이루었다. 신랑은 가만히 신부의 이불 속에 똥덩이 하나를 묻어 두고 자기의 이불 속으로 돌아왔다. 이윽고 신랑이,
"고이하이, 고약한 냄새가 어디에서 나는지?"
하고 중얼거렸다. 이러한 신랑의 말을 수면 중에 들은 신부는 홀로 냉소를 지었을 뿐이다. 그러다가 점차로 자기의 이불 속에서 똥덩이가 있음을 깨닫고 얼굴이 붉고 마음이 부끄러움을 이기지 못하면서,
"내 잠이 몹시 포근하여 그것이 흘러나온 것을 깨닫지 못하였어요."
하고 머리를 굽혀 말이 없었다. 신랑은 웃으면서,
"젊은 나이에 잠에 곤하여 오물을 흘림은 역시 예사라고 생각하오. 하물며 우리 부부의 사이에 어찌 서로 혐의를 둘 것이 있겠어?"
하고는 이내 종년을 불러 깨끗이 정리하였다. 이로부터 신부의 기질은 숙여들어 비록 종년들에게 책할 일이 있다 해도 마음에 그 첫날밤 일이 생각에 걸핏 떠올라 문득 함구무언하여 양순한

사람이 되곤 하였다. 신랑이 뒤에 과거에 올라 벼슬이 판서에 올랐다. 그 동안에도 부인이 더러 불손한 일이 있을 때에는 문득 그 일을 들어 입을 열고자 하면 부인은 곧 수도상기(垂頭喪氣)를 하여 일평생 기를 죽인 채 지나고 말았다.

　전날의 신랑은 어언간 나이가 일흔이 넘어서고 아들 셋이 모두 정경(正卿)이 되었을 뿐 아니라 그해에 회혼의 날을 맞이하였다.

　자녀들을 앞에 세워 놓고 늙은 재상은 입을 열었다.

　"내 이제 나이가 늙어 남은 시일이 얼마 없고 이런 기쁜 자리가 마련되었으니 무슨 은위(隱謂)할 일이 있겠느냐?"
하고 그의 아들을 가리키면서,

　"너희 엄마가 처녀 시절에 호방한 기개가 하늘을 찔러 그를 누를 사람이 없었으므로, 성중(城中)에 수많은 귀공자들이 모두들 장가들기를 꺼렸으나, 나 홀로 구혼을 하여 첫날밤에 이러이러하였으므로 여태까지 양순하기 짝이 없어 집안이 태평하였던 거야. 내 만일에 그렇지 않았더라면 그 사이에 몇 차례의 전쟁이 벌어져 부부가 제각기 흩어져 버렸을지도 몰랐을 거다."
하고 말을 끝내자 박장대소하였다. 그의 부인은 애매하게도 5, 60년 사이를 기만 속에 살아왔던 나머지 이제 비로소 명백한 연유를 듣자 크게 노하여 재상의 수염을 잡아 힘껏 발악하여 수염이 다 빠지자 민숭민숭한 턱 밑에서 번쩍번쩍 광채가 났다.

　그는 부끄러운 한편 노염도 생겼으나 어떻게 할 길이 없어 일어나서 사랑으로 나가 버렸다. 그 이튿날 조회차(朝會次) 조반(朝班)에 올랐을 때 임금이 그의 수염이 하나도 없는 보고는 놀라 묻기를,

"경(卿)은 어인 일로 하룻밤 사이에 그 꼴이 되었는고?"
하였다. 재상은 곧 그 실사(實事)로써 어전에 주달하였다. 임금은 크게 노하여,
"대신의 체중한 처지에 어찌 무례한 아내의 소위가 있을 수 있단 말인고?"
하고는 곧 사약을 내렸다. 금부도사가 약사발을 받들고 그의 집에 이르렀다. 온 집안이 황황히 부인에게 여쭈었더니 부인은,
"내 죄는 면하기 어렵고 위의 뜻을 어찌 거역하리."
하고는 곧 뜰로 내려 꿇어앉아 달갑게 약그릇을 받아 한 번 들이켜 다하고 보니, 이건 곧 이진탕(二陣湯)이었다. 금부도사가 복명한 뒤에 재상은 그 지난 일을 상세히 주달하였더니 임금은 크게 웃으면서,
"참으로 여중호걸이군. 경의 슬기가 아니었던들 누르기는 어려웠을 거야."
하고 차탄의 소리를 거듭하였다.

자원비장의 지혜

그전에 어떤 사람이 언제나 집안에 들어박혀 있으면서 아무 것도 하는 것 없이 술밥만 채우니 가계가 날로 곤궁하였다. 그 부인은 참다 못해 그 남편더러 말하였다.

"여보, 옛날 말에 이르기를 남자는 동물이라, 동하면 득도 보고 해도 본다는데 당신은 밤낮 안방에만 들어박혀 있으니 참 딱도 하오. 첩이 듣기에 가까운 곳에 김판서 집이 있는데, 그 집은 세도집이라 하니 찾아가서 뵙고 그 문하로라도 들어가는 것이 어떻소."

부인은 그렇게 하라고 밤낮으로 졸랐다. 남자는 하는 수 없이 부인이 내어 주는 옷으로 깔끔히 차려입고 집을 나섰다. 집을 나오기는 하였으나 아무도 주선해 주는 사람도 없이 김판서 집에 가기는 쑥스러웠고, 설사 가 본들 요즈음 세상이 어떤 세상이라고 문하에 들어갔다고 하여 쉬 벼슬자리를 하나 내주지는 않을 것 같았다. 그것은 어디까지나 계집의 옅은 소견에 지나지 않거니와 쓸데없는 노릇이다.
 그렇다고 하여 집에 돌아가면 또 계집이 들볶을 것이 아닌가. 다른 곳이라도 놀다가 해진 후에 돌아가서 김판서 집에서 놀다가 왔다고 하면 제가 어찌 알겠는가.
 남자는 발걸음이 내키는 대로 걸어가니 약국이 하나 있는데, 몇 사람이 모여 한가히 장기를 두며 놀고 있었다. 남자는 거기에 들어가서 주인을 찾아 인사를 하고,
 "내가 놀 곳이 없어 심심하여 못 견디던 차에 어느 사람이 말하기를 이곳에 가면 주인장이 손대접을 잘 한다기에 찾아왔으니 다음부터 소일하고자 하온즉 특히 허락해 주십소서."
 주인도 별로 하는 일이 없고 같이 소일할 사람이 없던 차에 그 사람을 보니 차림도 깨끗하고 상냥해 보이므로 쾌히 승낙하였다. 그곳에서 종일 한담을 바꾸면서 놀다가 해가 진 후에야 집으로 돌아갔다. 밤에 그 처가 그날의 상황을 물으므로 남자는 거짓말로 얘기하였다.
 "그대 말과 같이 김판서 대감을 찾아가 뵌즉, 한 번 보시고 매우 반갑게 하면서 전자무리보다 훨씬 좋다고 기쁨을 감추지 못하면서 사랑하기 비길 데 없더니 대감이 말씀하시기를 내가 평안 감사로 나갈 때는 비장으로 데려가 주마 하시니 그 후대가 어떻소."
 하니 그 처는 희색이 만면하여 그 후로부터는 자기 치마는 제대로 입지 못할망정 남자의 외복과 갓 망건은 더욱 선명하게 해주었다. 그러나 남자는 한결같이 김판서 집에는 가지 않고 약국집에서 소일하고 돌아왔다. 이와 같이 수년 동안 계속하여 오는 터라. 김판서 집 대문이 어느 곳 어디에 어떻게 생겼는지조차도

몰랐다. 하루는 그 처가 집에 있으니 이웃에 사는 표모(漂母)가 우연히 놀러 왔다.

"요사이 살기가 어떠한가?"

하고 물으니 노파가 기뻐하면서,

"우리 집 아이가 김판서 댁 대솔(帶率)로 있더니 이제 대감이 평안 감사로 승차하시니 그 애도 소망이 있어 보입니다."

하였다. 그 말을 들은 처는 놀라면서,

"아니 김판서라니 아무 골에 사는 함자가 아무 자이고 연세는 예순이나 되었을까 하는 그 어른 말인가?"

"네, 그럼요. 낭자가 어찌 그렇게 잘 아시나이까?"

"내가 어찌 그 댁을 모른단 말인가. 나으리가 익히 아는 양반이신데."

처는 이제야 행운이 왔나 보다 하고 기뻐하였다. 그날 밤 남자가 집에 돌아오자 치하하여 이르기를,

"대감이 이제 평안 감사가 되었으니 당신 또한 비장이 아니오."

남자는 전혀 알지 못하는 일이라 어물어물 대답하였다.

"그대 말과 같이 되었소."

처는 더욱 기뻐하면서,

"그럼 치행은 각자가 부담하여야 하오?"

"그럼요. 그 여러 사람의 치행을 대감이 다 당할 수 있겠어요? 기일이 촉박한데 무엇으로 당하겠소. 큰일났군요."

남자는 내심,

'설마 그 치행은 하지 못할 것이다. 그러면 좋은 피할 구실이 생기지 않는가.'

생각하고 있은즉 처는,

"당신은 아무 걱정 마오, 친정집이 비장으로 수년 있었으니 거기 가서 의복을 얻어 오리라."

남자는 더 얘기하기가 싫었다. 며칠 후 처가 또 물었다.

"사또께서 어느 날 부임하시오?"

"아직 택일하지 않았소."

그로부터 남자는 밥이 제대로 목에 넘어가지 않고 잠도 제대로 이루지 못하였다. 어떻게 하면 이 난관을 면할 수 있을까 밤낮 생각하였다. 그리고 다음날부터는 수년 동안 드나들던 약국집에 나가지 않고 김판서 집을 염탐하여 알고는 매일같이 김판서 집 근처에서 방황하면서 김판서의 동향을 살피기 시작하였다.

며칠 후 처는 또 물었다.

"부임할 택일이 되었소?"

"모래 떠난다오."

남자는 퉁명하게 내뱉었다. 그러나 처는 일어서더니 시렁 위에서 상자를 하나 내려놓고 그 뚜껑을 열었다. 그리고는 그 안에 있는 보로 쌓인 것을 내어 보를 풀었다. 거기에는 비장으로써 필요한 일체의 것이 갖추어져 있었다. 남자는 감사가 출발하는 날 일찍 일어나 비장 옷을 차려 입고 대감 댁으로 총총히 달려갔다. 가 본즉 아직 날도 미처 새지 않았는데 문객이며 사령들 그 외의 배속 넉졸들이 홍성대고 있었고 말도 많이 준비되어 있었다. 그중의 역졸 하나가 말을 몰고 앞으로 나와서 말하였다.

"이 말은 성질이 순하오니 나으리가 타옵소서."

남자는 그 말을 받아 타고 앞서가기 시작하였다. 홍재원에 이르러 쉬고 있으니까 감사 일행이 도착하였으므로 다시 출발하여 앞서가면서 말하기를,

"나는 전도비장(前導裨將)이다."

하였다. 고양에 이르니 해가 졌다. 그리고 감사 일행도 밀어닥쳐 부득이 함께 자게 되었다. 숙소에 불을 밝히고 여덟 비장이 감사에게 입시하니 그때 남자도 섞여 있었으므로 감사는 처음 보는 사람이라 이상히 여기면서 다른 비장들을 돌아보며 물었다.

"이 사람은 누구인가?"

여러 비장들도 서로 돌아보면서,

"모르옵니다."

하였다. 감사는 묵묵히 얼굴을 붉히고 앉아 있는 그 남자를 보고 다시 물었다.

"그대는 어느 대감의 청촉으로 왔는가?"

남자는 머뭇머뭇하더니,

"소인은 청촉비장이 아니옵니다."

"그러면 어떤 사람인고?"

남자는 무릎을 꿇며 떠듬떠듬 말하였다.

"소인은 명색 자원비장이옵니다."

감사는 아무 말없이 그 남자를 바라보고 있더니 이윽고 다시 물었다.

"자원비장이라, 그럼 바라는 바는 무엇인고?"

"사또를 따라갈 뿐이오. 별다른 욕망은 없나이다."

감사는,

'그가 스스로 따라왔고, 내게 아무 해도 없는 바이니 그대로 두어 보자.'

생각하고 그 남자에게 일렀다.

"그대의 정성이 갸륵하니 내 좌우에 따라오도록 하라."

그 남자는 하늘에라도 오를 듯이 좋아하면서 물러나왔다. 이로부터 모두가 그 남자를 부르기를 자원비장이라 하였다.

평양 감영에 이르러 아침저녁으로 비장들이 감사에게 문안할 때도 역시 한데 끼어 들어왔으나, 감사는 별로 물을 것이 없으므로 갑자기 싫어졌다. 하루는 자원비장을 불러 말하였다.

"그대는 본시 자원비장으로서 아무 일도 맡아보는 것이 없고 소임도 없으니, 어찌 괴로움을 참아 가면서 문안드리러 올 것이 있는가? 지금 대동감관이 비어 있고 매년 먹는 바가 거의 50금(金)에 이르므로 특히 차정하니, 이후부터 그대를 부르기 전에는 들어오지 않아도 좋으리라."

자원비장이 그 명을 받들고 나온 후로 동원(東園) 뒤에 있는 적은 방에 들어박혀 있으면서 언감생심 출입하려고 하지 않았다. 그럭저럭 감사의 임기가 다 끝나 가서 서너 달밖에 남지 않았을 즈음 이방을 시켜 하기(下記. 금전 출납부)를 가져오게 하여 본즉, 가하(加下. 예산 초과)가 3만 금인데 환하(還下. 국고에서 도로 내어 주는 것)가 없으므로 심중으로 몹시 고민하였으나 벗어날 방법이 없었다. 하루는 한가히 앉아 이 궁리 저 궁리 하다가 갑자기 자원비장이 생각났다.

'그때 쫓아 버리고 3년 동안 한 번도 부른 일이 없고 또 아중(衙中)의 상하가 모두 업신여긴 터라 곤궁하였을 것은 당연하리라. 이러한 적악(積惡)의 소치로 그렇게 되었은즉 짊어진 가하

가 비록 3, 4만이라 할지라도 또한 알 수 없는 일이다.'

비로소 자원비장을 불렀다. 자원비장이 명을 받고 들어온즉 감사는 위로하였다.

"한 번 보낸 후 3년이나 되도록 공무에 사로잡혀 한 번도 불러 보지 못하였구나. 그대의 소득이 불과 50금인데 그대의 고생은 말할 수 없을 것인즉 내 허물이 적지 않구나. 그대는 그 사정 잘 짐작하고 용서하라."

비장은 두 손을 모아 잡고,

"황송하옵니다."

이어,

"뵈온즉 사또의 얼굴빛이 초췌하시니 무슨 걱정이라도 있사옵니까?"

감사는 양미간을 찌푸리면서 말하였다.

"가히 3만 냥을 갚을 길이 없으므로 밤낮이 이렇게 고민하는 중이로세."

"그러하오면 어찌 비장들과 상의하지 아니하옵니까?"

"비장들이 각기 자기 일에 바쁘니 어느 여가에 감사의 가하일을 돌보겠는가?"

"사또께서는 어찌 그런 말씀을 하시나이까? 비장의 소임은 사또를 도와 마땅히 꾀하여야 하므로 옛말에도 있지 않사옵니까? 그 임금이 근심하면 신하는 죽는다고, 그렇지 않을지면 허수아비 비장보다 나을 것이 무엇이옵니까? 소인에게 한 꾀가 있어 사또의 걱정을 나눌까 하나이다."

감사는 대단히 기뻐하면서 곧 물었다.

"어떤 꾀인고?"

"사또께서 만일 칙고전(勅庫錢. 국고금) 3만 냥을 주시오면 좋은 꾀가 있을까 하나이다."
 감사는 그 말을 따라 출급(出給)하였으나 마음속으로,
 '자원비장이 본시부터 아는 사람이 아니니 중한 칙고를 헐어 주었다가 만약 뜻밖이 불칙한 일이 생기면 그 어찌 화상첨유(火上添油)가 되고 말지 않겠는가?'
 생각하였으나 어찌할 도리가 없었다. 자원비상은 전주 어음을 하여 가지고 여러 비장과 이별한 후 담양을 가서 대를 샀다. 그리고는 배에 싣고 평양으로 오니 그 동안이 거의 한 달이나 걸렸다. 감사는 눈이 빠지도록 오늘이나 내일이나 기다리니 하루는 자원비장이 들어와 감사에 뵈었다. 감사는 반가와 못 견디면서 말하였다.
 "그대는 어찌 그리 늦었는가? 내 간장이 다 끊어져 버릴 뻔하였구나."
 "이제 사또께서는 아무 걱정 마옵소서. 그리고 내일은 특히 분부를 내리시어 연광정에 잔치를 베푸시고 각 읍 수령을 부르시어 이러이러하시면 꾀는 그 속에 있나이다."
 사또는 대단히 기뻐하고 다음날 곧 각 읍 수령을 연광정에 청하고 잔치를 하였다. 술이 몇 순배 돌아가고 취흥이 도도하여졌을 때 감사는 갑자기 말하였다.
 "평양은 본시 가아면 고을이요, 또한 올해는 풍년이 들었으니 민간에 영을 내려 집집마다 죽룡(竹龍)에 불을 켜고 태평성대를 축하하되, 그대들은 본읍에서 반령한 후 그에 따라 각 영에서는 본보기를 삼아라."
 여러 수령들은 그 명을 받들고 각기 돌아갔다. 영이 한 번 내리자 성내 성 밖 할 것 없이 백성들은 모두가 기뻐하며 칭송하였으나, 평안도는 대나무가 나는 데가 모두 적고 굽어서 등롱감이 되지 않았다. 대를 구하느라고 너도 나도 돌아다녔으나, 뜻같이 구하지 못하고 있던 차에 푸른 대를 실은 배를 본 사람들은 모두 '하늘이 내리신 대다' 하고 서로 다투어 대를 사 가지고 가는데, 값의 다소를 묻지 않고 다만,

"천행으로 대를 구하였다."

라고들 하므로 어언간에 3만 냥은 본전에다가 거의 10만 냥이 되었다. 사또는 그런 줄은 모르고 칙고전을 준 후에 돈에 대한 아무 소식이 없으므로 근심 위에 의심이 더하였다. 하루는 자원비장이 들어오더니 대를 사 가지고 온 것과 세 배의 이익을 얻은 것 등을 자세히 얘기하고 칙고전과 가하금을 갚은 증서와 칠만 냥 어음을 내어놓았다. 감사는 크게 기뻐하면서,

"그대의 신기한 계산은 옛 사람도 미칠 바가 못 되는구나."

하면서 칭찬하여 마지 않았다. 자원비장은 또한 말하였다.

"남은 돈 7만 냥은 본댁으로 보낼까 하나이다."

한즉 감사는 펄쩍 뛰었다.

"이 무슨 말인고? 그대의 꾀로 내 빚을 갚았으니, 그 은혜도 갚기 어렵거늘 거기에다 남은 돈이라니 말도 아닐세. 다시 여러 말 말고 자네나 쓰게."

자원비장은 재삼 굳이 사양하고 마침내는 똑같이 나누기로 하였다. 이어,

"소인은 먼저 돈을 가지고 가겠사오며, 남은 일은 서울 가서 말씀드리겠나이다."

하니, 감사도 승낙하고 자원비장을 먼저 상경하게 하였다. 감사

가 서울에 돌아와 본즉, 7만 냥 돈은 모두 자기 집에 와 있고 몇 날 며칠을 두고 자원비장 오기를 기다렸으나 끝내 나타나지 않았다. 그 후로부터 감사는 사람을 만나면 의례히 물어 보았으나 아는 사람이 없었다.

몇 해 후 감사는 적은 일로 계소(啓疏)를 만나 왕의 노여움을 샀다. 그의 관직이 삭탈되고 문 밖으로 추방되었다. 갑자기 당하는 일이라 어찌하지 못하고 문 밖의 안면 있는 하인 집에 가서 머물렀다. 그런 중에도 감사는 항상 자원비장을 잊지 않고 있더니 하루는 낯선 선비 한 사람이 들어와 인사를 하였다. 대감은 인사를 받으며 이상히 여겨 물었다.

"안면은 있소마는 댁은 뉘시오?"

"소인이 곧 자원비장이온데 오래도록 문안드리지 못하와 황송하기 그지없나이다."

대감은 깜짝 놀랐다.

"아니 이 사람아! 어찌 그리 무정한가? 자네를 보낸 후 그리는 마음을 스스로 억제하지 못하고 밤낮 만나기를 원하였더니 천도가 무심치 않아 드디어 만나게 되었구나."

하며 반가움을 숨기지 못하였다.

"많은 일에 얽매여 몸을 빼내지 못하여 이제야 겨우 틈을 얻게 되었사옵니다."

"내가 쫓겨나 여기와 있으매 아는 사람 하나 없더니 그대가 이제 왔구나."

"대감은 여기에 계시지 마시고 소인과 함께 소인의 처소로 가심이 어떠하시오니까?"

"그대 말이 좋기는 하나 다만 목하에 치행할 돈이 없으니 어찌하는가?"

"그걸랑 염려하지 마시고 내일 소인이 인마를 주선하여 오겠사오니 청하옵건대 대감께서는 내행과 함께 가사이다."

앞일은 알지 못하였으나 자원비장이 하자는 일이라 틀림이 있겠는가. 생각한 대감은 그가 하자는 대로 하였다. 이튿날 아침에 비장은 말과 수레를 준비하여 가지고 와서 대감과 그 내행을 태워 가지고 길을 떠났다.

어디로 가는 것인지 몰라 시종하는 사람들에게 물어 보았으나 역시 몰랐다.

그러나 가는 곳마다 인마가 준비되어 바꾸어 타고 갈 수가 있었다. 며칠을 그와 같이 가다가 한 곳에 이르니, 험한 산이 앞을 가로막았다. 그곳에 이르러 비장은 타고 온 인마를 모두 보내고,

"이곳은 말도 없고 수레도 없사온즉 대감께서는 내행과 함께 부득이 걸으셔야 합니다."

대감 일행은 비장이 하자는 대로 비장을 따라 산길을 걷기 시작하였다. 얼마 가지 않아 차츰 숨은 차고 다리가 아프며 발은 부르터 자욱마다 죽을힘을 다하여 천신만고 끝에 산을 너댓 개 넘었다. 이제는 더 가지 못하고 대감은 대감대로 내행은 내행대로 길가에 나가 떨어져 신음하면서 촌보를 옮기지 못하였다.

다시 얼마를 더 걸어가니 무수한 마차가 와 맞이하였다. 비장은 일행을 수레와 말에 태워 가지고 다시 갔다. 한 곳에 이르니, 골은 깊고 산은 높은데 큼직한 마을이 있고 고래등 같은 집들이 즐비하여 모두가 극히 풍성해 보였다.

대감은 놀라며 비장에게 물었다.

"종일 와도 사람 하나 못 보겠더니, 저 마을은 어디기에 저렇게 굉장한가?"

"이제 가서 보시옵소서."

어느 사이에 그곳에 이르러 본즉 마을 한가운데 유독히 큼직한 고루거각이 있는데, 모습은 서울의 재상의 집들에 손색이 없었다. 그 집 옆에도 그런 집이 있었다. 그들 집에 들어가니 우마·노비가 넉넉하고 겉뿐만 아니라 내면도 윤택하였다. 대감은 이상히 여기면서,

"이 집의 주인은 누구인가?"

비장에게 물었다. 비장은 곧 대감 일행을 그 집으로 모시고 그가 이 마을을 개척하였다는 것과 거기 따른 여러 가지 재미나는 얘기를 하고 이어 이 마을은 안심하고 피난할 만한 곳이니, 이 집은 대감님이 쓰라고 하였다. 대감은 꿈꾸다가 깨어난 사람 모양 놀라며 비장의 손을 잡고,

"이것은 다 그대가 준 것이니 형제인들 이보다 더하겠는가? 우리가 오늘부터 의형제를 맺고 지냄이 어떤가?"

이로부터 비장과는 의형제가 되어 아무 말없이 편안히 지냈다. 어느 날 비장이 대감에게,

"오늘은 날씨가 청명하니, 높은 곳에 올라가 울회를 푸심이 어떠하시오니까?"

대감도 오래도록 아무 하는 일 없이 적적하던 터라 대단히 기뻐하고 함께 뒷산으로 쉬엄쉬엄 올라갔다. 한낮이 겨워서 산정에 올라가니, 사방이 탁 트여 전망이 장관이었다. 대감은 정신 없이 전망에 사로잡혀 있는데, 비장이 멀리 보이는 산을 가리키면서 먼저 말하였다.

"대감은 저 산을 아시나이까?"

"모르겠는걸."

"그러면 그 옆에 검은 연기가 하늘을 가렸는데 그것은 보이시오니까?"

"흡사 검은 안개가 끼어 해가 진 것 같구먼."

"세 산이 높게 솟은 것은 삼각산이옵고, 연기가 자욱한 곳이 서울이옵니다. 지금 왜놈들이 쳐들어 와서 팔도가 크게 어지러운데 저것은 병진(兵塵)이옵니다."

대감은 그 말을 듣고 놀랐다.

"그러면 어찌 여기는 무사하단 말인가?"

"여기는 지명이 삼척이온데 퇴계 선생이 계셨던 곳이옵니다. 당초에 왜놈들이 노략질할 양으로 평의란 밀정을 몰래 보냈는데 퇴계 선생이 그놈을 잡아서 죽이려고 하셨더랍니다. 그러나 다시 생각하시고 그놈에게 말씀하시기를, '네 한 놈을 죽이더라도 조선의 8년 영화를 면할 수 없어 그런 것이 아님을 알아라.' 그러므로 왜장이 발병에 앞서 그 부하들에게 이르기를, '너희들이 삼척을 범하면 반드시 예측하지 못할 우환을 당할 것이니, 특히 명심하라'라고 하셨다 하므로, 이곳은 피난할 만한 곳이온데 아무도 모르옵니다."

대감은 그의 달견에 더욱 놀랐다. 그리고 임진왜란 8년 동안을 무사히 지내고 평란 후에야 두 집은 서울로 올라와서 벼슬살이를 하였는데, 한 집은 연동 이씨 집이라고 한다.

작품 해설

작품 해설

  설화류들은 문학 양식으로 볼 때에는 넓은 의미의 수필 문학으로 간주할 수도 있다. 하지만 설화가 가지는 허구와 독자적인 특성이 소설의 경지에 접근하고 있다. 그리고 그 내용은 야사적인 성격의 야담과 민담(민간 설화) 그리고 시화로 크게 분류할 수 있다. 다만 시화는 하나의 시평론이 될 것이지만, 야담도 사실상 민담에 지지 않는 상상성(想像性)이 작용하고 있으므로 그 설화적 성격을 무시할 수 없다. 그리고 민담은 주로 성에 관한 음담과 그렇지 않은 점잖은 해학의 우스운 이야기가 있는데, 그 소재는 이르지 않는 데가 없어, 계급의 상하와 남녀의 성을 불문하고 매우 광범위하게 걸쳐 있다.

촌담해이
  강희맹(1424~1483)의 《촌담해이》는 금양 지방의 민담과 관직 생활중 들었던 여러 가지 이야기를 엮은 것이다. 내용은 고금의

기사(奇事), 이문(異聞)·음담패설·잡설(雜說) 등을 수록했는데, 이 안에는 인간의 본성이 그대로 드러나고, 이를 통해 스스로를 깨우치는 교훈적인 면도 숨어 있다.

특히 이 책 안의 음담패설은 다른 것들과는 차별성을 지닌다. 일반적으로 외설적인 음담에는 웃음이 깃들이지 않은 경우가 많다. 그러나 이 책에 실린 것들을 읽다 보면 묘하게 웃음이 나오는데, 그것은 음담에 인간의 어리석음을 끼워 넣음으로써 생기는 것이다. 즉 음담적 요소에 어리석음을 어울리게 함으로써 그 분위기를 경쾌하게 한 것이다. 아울러 어리석음을 지혜로 벗어나는 내용도 등장하는 것을 볼 때 이 책이 지혜담 성격을 지니고 있음을 알 수 있다.

물론 대부분의 내용이 현실성이 떨어지는, 꾸며낸 이야기이기는 하지만 당시 민간에 유행하는 이야기의 한 흐름을 짐작할 수 있는 계기를 마련해 준다.

작품 해설

 이 책의 지은이인 강희맹은 조선 성종 때의 문신이자 문장가로, 호는 사숙재, 국오, 운송거이며, 시호는 문량이다.
 1447년 별시문과에 장원 급제한 뒤 종부시주부로 벼슬을 시작한 그는 1450년 예조좌랑에 이어 돈령부판관을 역임했다. 1453년 예조정랑이 되었으며, 1455년 수양대군이 왕위를 찬탈하고 세조로 등극하자 원종공신 2등에 책봉되기도 했다. 1463년 중추원 부사로 진헌 부사가 되어 명나라에 다녀온 그는 세조의 총애를 받아 세자빈객이 되었으며, 예조판서 · 형조판서를 지냈다. 1468년 남이의 옥사 사건을 해결한 공로로 익대공신 3등으로 진산군에 책봉되었고, 1471년에는 좌리공신 3등에 책봉되었다. 한편 그는 지춘추관사로 신숙주 등과 함께 《세조 실록》, 《예종 실록》을 편찬하기도 했다. 그 뒤 이어 돈령부판사 · 우찬성 등을 거쳐 1482년 좌찬성에 이르렀다.
 그는 당대의 뛰어난 문장가로서 경사(經史)와 전고(典故)에 통달했을 뿐만 아니라 맡은 일은 완벽하게 처리하면서도 겸손하여 나서기를 좋아하지 않았다고 한다. 그는 특히 농사에 관심이 많아 농사 짓는 법을 자세하게 밝힌 《사시찬요》를 펴내 우리 나라의 농업 발전에도 이바지했으며, 농촌의 민요와 설화에 관심을 가져 농요를 채집, 정리하는 데에도 힘을 들였다. 이런 예는 당시 농정의 실상과 농민들의 애환을 노래한 〈농구십사장〉에 잘 나타나 있다.

그의 문집으로는 《금양잡록》, 《촌담해이》 외에 할아버지와 아버지 및 형 희안의 시를 모아 편찬한 《진산세고》가 있으며, 서거정이 성종의 명을 받고 편찬한 《사숙재집》(17권)이 전한다. 아울러 세조 때 《신찬국조보감》과 《경국대전》, 성종 때 《동문선》과 《동국여지승람》 및 《국조오례의》, 《국조오례서례》 등의 편찬에도 참여했다.

어면순 · 속어면순

《어면순》은 조선 연산군 때 송세림(1479~?)이 편찬하고 그의 아우인 송세형에 의해 간행된 설화집으로, 편찬 연대는 알 수 없다. 다만 발문 등을 참고할 때 1530년경이 아닐까 추측할 따름이다.

이 책의 지은이인 송세림은 조선 전기의 문신으로, 호는 취은, 고송, 눌암이다. 1498년에 진사에 오른 뒤 1502년 알성문과에 장원한 그는 1516년 능성 현령으로 재직했다. 하지만 질병으로 인해 태인으로 낙향한 그는 그 뒤 관리 생활을 접은 채 향리에서 일생을 마친 것으로 알려져 있다. 태인의 무성서원에 제향되었으며, 저서에는 《어면순》이 있다.

《어면순》은 송세림이 태인에서 생활하면서 얻어들은 이야기들을 모은 것으로, 서거정의 《태평한화골계전》, 강희맹의 《촌담해이》와 함께 조선 시대의 대표적인 야담집으로 꼽힌다.

이 책에는 모두 88편이 실려 있다고 하는데, 후대에는 82편만 전해지고 있다. 내용은 단순한 재담, 우화 및 외설담, 풍자적 시화 등이 수록되어 있다. 이 중에서도 외설적인 소재가 우세하여, 남녀의 성희를 노골적이면서도 해학적으로 표현했다. 하지만 작품들이 문학적 묘사가 뛰어난 것이 특징이다.

여기서 이 책의 제목인 어면순(御眠楯)은 '잠을 막아 주는 방패'라는 뜻이다. 수록 작품 대부분이 음담패설에 속하지만 이를 통해 세상의 인심을 깨우치려는 의도가 엿보인다.

한편 《속어면순》은 《어면순》을 보유하기 위한 목적으로 17세기 초에 송여학이 편찬한 것으로, 해학스러운 설화로서 음담에 관한 소개가 많으며, 총 22편으로 되어 있다.

태평한화

《태평한화》는 1477년에 서거정(1420~1488)이 엮은 설화집으로, 원래 명칭은 《태평한화골계전》인데, 《태평한담》 또는 《골척전》이라고도 부른다. 여기에서 '골계'란 말의 골(滑)의 뜻은 난(亂)이요, 계(稽)의 뜻은 동(同)이다. 곧, 말을 미끄럽게 잘해 비(非)를 시(是)로 만들기도 하려니와, 시(是)를 비(非)로 만들기도 하여 동(同)과 이(異)의 구별을 흐리게 할 수 있음을 이른 말이다.

《태평한화》는 모두 4권으로 되어 있으며, 내용은 고려 말기와 조선 초기에 고관·문인·승려 들 사이에 떠돌던 기발하고도 익살스러운 이야기를 모은 것이다. 우리나라의 소설이 비롯되기 이전의 설화 문학의 양상이 어떠한 것인가를 관찰하는 데 귀중한 자료가 된다.

이 책을 엮은 서거정은 조선 전기의 학자로, 호는 사가정이다. 여섯 살 때부터 글을 읽고 신동이라 칭찬받은 그는 학문이 매우 넓어 문학과 역사와 법률을 비롯해서 천문·지리에 통달

했을 뿐만 아니라 의술과 점술에까지 조예가 깊었다.

 1444년 식년문과에 급제, 사재감직장을 지낸 뒤 집현전박사 등을 거쳐 1456년 문과중시에 급제, 1457년 문신정시에 장원, 공조참의 등을 역임했다. 1460년 이조참의 때 사은사로 명나라에 다녀와서 대사헌에 오른 그는 1470년에 좌찬성, 이듬해에 좌리공신이 되고 달성군에 책봉되었다.

 그는 69세로 세상을 떠날 때까지 세종, 문종, 단종, 세조, 예종, 성종 등 45년 간 여섯 임금을 섬기면서 육조의 판서를 두루 지냈으며, 대제학을 23년 간이나 지냈다.

 문장과 글씨에 능해 《경국대전》,《동국통감》,《동국여지승람》등의 편찬에 참여했으며,《향약집성방》을 국역하기도 했다. 주요 저서에는 《동인시화》와 《동문선》,《필원잡기》,《골계전》등이 있다.

명엽지해

　조선 효종 때 홍만종(1643~1725)이 편찬한 설화집으로, 내용은 여러 가지 설화를 모은 것이다. 《명엽지해》는 홍만종이 서호에 있을 때 마을 사람들의 한담을 듣고 기록했던 글로, 내용은 대부분 사회 풍자적이며 교훈적인 것이다. 탐관오리 또는 무능한 관리, 지식인들의 이중적인 태도를 비판하고 있다.

　홍만종에 대해서는 정확한 기록이 없으므로 대체로 미루어 알 뿐이다. 그와 친분이 있었던 동명 정두경과 백곡 김득신과의 교유에서, 또 기미(1673)년에 썼다는 김득신의 서문으로 저자의 생존기를 대략 짐작할 수 있다. 그는 1675년 진사시에 급제한 뒤 참봉·봉사를 지냈으며, 1680년 부사정으로 경신대출척에 연루되어 귀양갔다가 1682년 풀려난 다음 벼슬이 통정대부·첨지중추부사에 이르렀다. 하지만 관직을 버리고 한문과 문장에 뜻을 두어 역사·지리·설화·가요·시 등의 저술에 힘썼다.

저서에는 《순오지》를 비롯하여 《역대총목》, 《시화총림》, 《소화시평》, 《해동이적》 등의 편저가 있다.

파수록
《파수록》은 부묵자가 엮은 것으로, 영조·정조 때 간행되었으리라 짐작된다. 내용은 주로 민간에 전하는 속담·이야기·전설·음담패설 등이 모아져 있어서, 《파수록》이라는 책이름에 어울리게 읽는 사람의 잠을 깨워 줄 정도로 흥미롭게 엮어져 있다.
이 책의 서문에서 부묵자는 이렇게 말하고 있다.
"이 책을 보고 좋으면 생활의 법으로 삼고, 나쁘면 스스로 고치는 거울로 삼아라."

어수록
《어수록》은 조선 정조 때 화가인 장한종이 편찬한 설화집으로, 내용은 대부분 무명 인물들의 일화로, 그중에서도 음담·재담 등이 대부분이다. 특히 매우 노골적인 음담패설도 많은 반면 문학적 표현의 수준이 높은 것들도 많다.

책머리의 자서에 따르면, 이 책은 1812년 정월에 엮은이의 재종숙이 왔을 때 기록한 것이라고 한다. 책이름처럼 편찬 동기 역시 잠을 쫓기 위한 것으로, 설화 외에도 장한종 자신이 술회한 자료들도 여러 편 들어 있다.

진담록·성수패설·교수잡사·기문

《진담록》,《성수패설》,《교수잡사》,《기문》 등은 모두 편찬자나 편찬 연대를 알 수 없는 설화집이다.

이 중 《진담록》은 《진담론》이라고도 부르는데, 수록된 내용은 무명 인물들의 일화로, 내용 대부분이 민간에 유행하는 음담패설들이다. 하지만 양반들에 대한 신랄한 풍자가 깃든 것도 눈에 띈다.
《성수패설》은 조선 말기의 것으로, 서문이나 발문이 없으며, 내용은 일반 민담을 포함하여, 총 80편 중 성에 관련된 것이 25편에 이른다. 대부분이 하층민을 주인공으로 내세운 이 책은 내용 중 중국 고사가 섞여 있는 것으로 볼 때 중국 설화를 차용했음을 짐작할 수 있다.
그리고 《교수잡사》는 '졸음을 물리치는 잡된 이야기를 모아 놓은 책'이라는 뜻을 지닌 것으로, 골계미가 뛰어난 구수한 야담들이 수록되어 있다. 내용은 주로 우스개 이야기에 관련된 것으로 그중 남녀의 성에 관련된 것이 반을 차지한다. 아울러 몇 편의 우화도 눈에 띈다.
《기문》은 내용을 미루어볼 때 19세기 전후가 아닐까 한다. 수록된 작품은 66편이지만, 그중 대부분이 음담패설이다. 아울러 우화도 4편이 실려 있는 것이 특색이다. 내용 중 〈늙은 중이 기생의 귀를 씹다(惑妓爲鬼)〉는 고대 소설인 〈오유란전〉과 줄거리가 같아 〈오유란전〉이 〈늙은 중이 기생의 귀를 씹다〉를 소재로 쓴 것은 아닌가 싶다.

구인환

서울대학교 사범대학 국어교육과 졸업
서울대학교 대학원 국어국문과 수료(문학 박사)
서울대학교 사범대학 교수
국어국문학회 대표이사 및
한국소설가협회 이사
문학과문학교육연구소 소장
서울대학교 명예교수

```
판 권
본 사
소 유
```

우리 고전 다시 읽기
촌담해이

초판 1쇄 발행 2004년 1월 10일
초판 7쇄 발행 2020년 3월 30일

엮은이 구 인 환
지은이 강 희 맹 외
펴낸이 신 원 영
펴낸곳 (주)신원문화사

주   소   서울시 구로구 가마산로 27길 14(신원빌딩 10층)
전   화   3664-2131~4
팩   스   3664-2130

출판등록   1976년 9월 16일 제5-68호

＊ 잘못된 책은 바꾸어 드립니다.

ISBN 89-359-1164-X 04810